인생에서 꼭 배울,
사의 끈

인생에서 한 번쯤, 사찰기행

발 행 | 2020년 08월 05일
지 은 이 | 풀로이
펴낸이 | 한건희
펴낸곳 | 주식회사 부크크
출판사등록 | 2014.07.15.(제2014-16호)
주 소 | 서울특별시 금천구 가산디지털1로 119 SK트윈타워 A동 305호
전 화 | 1670-8316
이메일 | info@bookk.co.kr

ISBN | 979-11-372-1419-4

www.bookk.co.kr

인생에서 한 번쯤, 사하라

글·사진 클로이

작가의 말

그 누구도 불편하지 않을, 무해(無害)한 글을 쓰고 싶었습니다.

마음에 들던 원고가 있었습니다. 읽는 것만으로도 마음이 설레는, 사하라에서 내가 느꼈던 감정을 가장 잘 표현해주는 글이라고 생각했어요. 그런데 이상하게 마음에 걸렸습니다. 원고의 중심이 되던 문장이 혐오표현이라는 생각이 들었기 때문이었어요.

웃기게도 저는 고민했습니다. 변명해보자면 그 글이 정말 마음에 들었고 이 정도는 다들 쓰는 표현이라고 생각했기 때문이었어요. 솔직히 고백하자면, 한때는 그냥 모르는 척 넘어가자고 결론을 내리기도 했었습니다.

퇴고를 앞둔 시점에서 한 글쓰기 수업을 듣게 되었습니다. 작가님이 이야기하는 '글쓰기의 윤리'를 들으며 저는 그런 고민을 했던 스스로가 부끄러워졌습니다. 더는 부끄러울 일을 만들지 않고 싶었습니다. 나 자신에게 떳떳하기로 했습니다. 단 한 사람이라도 불편할 수 있는 표현이라면 쓰지 않는 것이 옳다고 생각했고, 원고를 뜯어고쳤습니다. 마지막 퇴고까지 끝냈던 160페이지가량의 원고를 다시 한번 퇴고했습니다. 쉬운 일은 아니었지만, 마음은 그 어느 때보다 편했습니다.

이 글을 쓰며 타인의 삶을 갖잖은 동정심으로 바라보지 않고자
했습니다. 누군가에게 상처가 될지 모르는 혐오표현과 불편한 서술
들도 최대한 배제하기 위해 노력했습니다. 초상권의 동의를 얻은
사진만 책에 실었으며 성에 대한 편견 없이 글을 읽어주길 바라는
마음으로 그녀라는 호칭 역시 부러 사용하지 않았습니다. 아직 저
는 부족한 사람이기에, 어쩌면 이 글이 누군가에겐 여전히 불편할
수 있지 않을까 걱정스럽기도 합니다.

남들은 의식하지 못하더라도, 글을 쓰는 과정이 더 힘들고 고민
스러울지라도 불편하지 않은 글을 만들기 위해 끊임없이 고민하며
글을 쓰고 싶습니다. 제가 쓰는 글이 모두가 편안한 마음으로 읽
을 수 있는 글이기를 간절히 바랍니다.

2020.08.05.
여행자 *CHLOE*

목차

03. 사실 괜찮지 않아

04. 오늘 하루도 찬란하기를

Prologue. 겁쟁이 여행자

'역마살 끼었다'는 소리를 들으며 매일같이 여행 갈 궁리만 하는 지금과는 다르게 어린 시절의 나는 그 흔한 가족여행 한 번 가본 적 없었다. 가까운 부모님의 직장 덕에 우리 가족은 차가 없었고 대중교통을 타고 여행을 다니기엔 엄마의 멀미가 심했다. 함께 여행을 다닐 정도로 엄마와 아빠의 사이가 살가웠던 것도 아니었다. 그래서인지 삼촌은 가족여행을 갈 때면 종종 어린 나를 뒷자리에 태워 데려가곤 했다.

조금 더 자라서야 주변 친구들을 보며 가족여행이 굉장히 흔하다는 걸 깨달았다. 코앞으로 다가온 휴가철에 친구가 "너희는 이번에 휴가 어디로 가?"하고 물을 때면 멋쩍은 웃음을 지으며 말을 흐렸던 기억이 난다. 어렸던 나는 남들은 다 가는 가족여행을 우리 가족만 가지 않는다는 것이 못내 부끄러웠다.

그 시절의 내겐 여행이란 단어는 참으로 멀고 낯설었다. 언젠가 여행이 내 삶의 일부가 되리라곤, 내 손으로 사하라의 모래를 만져 볼 날이 오리라곤 상상조차 할 수 없을 정도로.

사하라 사막을 나타내는 수식어는 수없이 많다. 어린 왕자가 불시착했던 신비의 땅, 지구상에서 가장 뜨겁고 거대한 곳, 아무것도 존재하지 않는 곳…. 이런 말들은 사하라에 대한 묘한 환상을 불러일으킨다.

나 역시 사하라를 떠올릴 때면 어딘가 비현실적인 기분에 사로잡히곤 했다. 사하라의 끝없는 모래 위에 누워 반짝이는 별들을 보고 있노라면 모든 게 괜찮아질 것만 같았다. 그래서였을까? 아무것도 존재하지 않는다는 그 거대한 땅은 어느 순간부터 내 마음 한구석에 자리를 잡고 있었다.

"나 드디어 사하라에 가!"

마침내 꿈에 그리던 사하라에 가게 되었을 때, 나는 한껏 들뜬 채로 주변 지인들에게 소식을 전했다. 그러자 약속이라도 한 듯 비슷한 걱정들이 뒤따랐다.

"뭐? 혼자 간다고?"
"거기 위험하다던데…. 무섭지 않아?"

대부분 나의 안위를 걱정하는 우려 섞인 목소리였다. 누구에게 이야기하든 들려오는 말은 비슷했다. 되풀이되는 상황에 "거기도 다 사람 사는 곳인걸."하고 의연하게 대답할 수 있으면 좋으련만. 그 수많은 걱정을 무시하기엔 나는 겁이 많았다.

그것도 엄청.

호기롭게 비행기 표는 끊었지만, 시간이 지날수록 하나부터 열까지 걱정이 되기 시작했다. 겁쟁이인 내겐 모로코가 아프리카에서 가장 치안이 좋은 나라라는 사실도 별 위안이 되지 않았다. 나는 정체를 알 수 없는 막연한 두려움에 사로잡혀 매일같이 초록 창에 검색을 일삼았다.

아프리카 모로코 치안, 모로코 메디나, 모로코 여자 혼자….

막대한 양의 글이 쏟아져 나왔다. 분명 좋은 이야기들도 많았지만 내 눈에 들어오는 건 길을 잃기에 십상이라는 복잡한 메디나, 여행자들에게 바가지를 씌우는 게 일상이라는 호객꾼들, 성희롱, 캣콜링…따위의 것들이었다. 모로코에 대한 안 좋은 이야기들이 유독 덩치를 부풀린 채 말을 거는 듯했다. "똑똑, 여기 새로운 걱정거리가 왔어."하고.

불행인지 다행인지 이 수많은 걱정거리도 나의 모로코행을 막지는 못했다. 변하지 않는 명제처럼 '겁쟁이인 나'와 '여행자인 나' 사이의 싸움에선 늘 여행자인 내가 이기곤 했기 때문이다. 이는 내가 그동안의 여행에서 배운 한 가지 교훈 덕분이었다.

때는 2017년 겨울, 나는 러시아를 횡단하겠다며 덜컥 시베리아 횡단 열차표를 구매했다. 그때의 반응도 지금과 별반 다르지 않았다. 러시아에 간다는 내 말에 지인들은 하나같이 걱정을 표했다.

"러시아는 영어 하나도 안 통하지 않아?"
"거긴 인종차별이…."

이런 말을 들을 때마다 나는 겉으론 "실제로는 안 그렇대."하고 웃어넘겼지만, 마음 한구석에 작은 불안감이 이는 건 어쩔 수 없었다. 그리고 그 불안감은 기어코 러시아까지 나를 쫓아왔다. 블라디보스토크에 도착했을 때쯤엔 걱정과 긴장으로 얼어붙어 주변을 둘러볼 여유조차 없는 상태였다.

도로 곳곳에 눈이 쌓여있는 이국적인 러시아의 풍경도 털옷으로 완전무장한 러시아 사람들도 눈에 들어오지 않았다. 그저 목적지를 향해 걸음을 재촉하기 바빴고 낯선 사람이 말을 걸어올 때면 애꿎은 가방을 꼭 그러쥐었다.

하루는 꽁꽁 얼어붙은 해양공원을 구경하는데 큰 키의 러시아 사람이 다가와 말을 걸었다. 검은색 패딩을 입고 무표정한 얼굴을 한 채 이야기하는 그의 러시아어를 내가 알아들을 리 만무했다. 주위에 나를 도와줄 만한 사람은 보이지 않았다. 나는 그를 경계하며 영어로 "쏘리?"하고 되묻기만을 반복했다. 긴장으로 얼어붙어 있던 탓에 경계심은 이미 최대치였다.

한참을 이야기하던 그는 답답했는지 이내 내 손에 들려있던 모자와 내 머리를 번갈아 가리켜 보였다. 손에 들린 갈색 모자와 비어있는 머리를…. 퍼뜩 그가 무얼 말하고자 하는지 깨달았다.

"여기 추우니까 꼭 모자 쓰고 다녀."

영하 20℃에 달하는 추운 날씨에 모자도 쓰지 않은 채 쏘다니는 내 모습이 퍽 신경 쓰였나 보다. 그는 내가 모자를 꾹 눌러쓰자 만족한다는 듯 활짝 웃었다. 그리고는 기어이 내 카메라를 뺏어가 사진을 찍어준 다음에야 유유히 자리를 떴다. 그리고 그의 뒷모습이 멀어짐에 따라 그동안 러시아를 온전히 느낄 수 없게끔 방해하던 이유 모를 불안감도 함께 옅어져 갔다. 그들의 차가운 얼굴 뒤에 숨어 있던 따뜻한 마음이 그제야 눈에 보였다.

이처럼 나의 여행에는 늘 그 어떤 걱정과 불안도 무장해제시킬 수 있는 순간들이 존재했다. 그런 순간들을 만날 때면 긴장감에 앞만 보고 달리다가도 잠시 멈춰 내가 놓치고 있던 작은 것들을 바라보게 됐다.

나는 여전히 많은 것들을 걱정하고, 쉽게 불안에 휩싸이고, 실체 없는 소문들에 두려워한다. 하지만 그만큼 아주 작고 사사로운 것들로 눈앞을 가로막던 걱정, 불안, 편견 따위를 벗겨낼 수 있음을 안다. 그렇게 마주한 온전한 세상이 얼마나 따뜻하고 아름다운지도. 그렇기에 나는 오늘도 배낭을 둘러메고 길 위로 향한다.

오늘 걷는 이 길 위에도 나의 길을 따뜻하게 만들어 줄 작고 사사로운 순간들이 있기를 바라며.

이번 여행도 마찬가지였다.

겁쟁이인 내가 모로코를 온전히 받아들일 수 있었던 건
마음을 따뜻하게 만들어주는 작은 순간들 덕분이었다.

우리 동네처럼 느껴지는 숙소 앞 골목과
예상치 못한 순간 만나게 되는 작은 친절,
먼 이국땅에서 먹는 깻잎무침 같은 것들 말이다.

01.

당신에게도 행복의
순간이 있었더라면

포르투갈

제1화 당신에게도 행복의 순간이 있었더라면

"여행이 뭐라고 그렇게 돈을 많이 쓰니?"

시작 전부터 싸움의 연속이었다. 엄마는 신혼여행으로 갔던 제주도 이후로는 비행기 한 번 타보지 않은, 여행 갈 돈으로 저축을 하는 게 훨씬 값지다고 믿는 사람이다. 그러니 근 3달을 여행을 다녀오겠다는 내 말은 엄마에겐 이해 불가의 영역이었을 거다.

틈만 나면 이어지는 잔소리에 나는 결국 "내가 알아서 할 거야!" 하고 짜증을 냈다. 싸움의 결과는 뻔했다. 엄마는 내게 져주었고 나는 그냥 비행기 표를 끊어버렸다.

좋은 걸 보면 엄마가 먼저 생각날 때, 엄마가 내 걱정을 하는 게 아니라 내가 엄마 걱정을 할 때 엄마가 늙었음을 느낀다고 하던가. 몇 년 전, 처음으로 그런 생각을 했다.

"엄마도 이 풍경을 함께 봤으면 좋았을 텐데…."

마침 그날, 바람은 선선했고 아름다운 햇살을 받은 블레드 호수의 풍경은 더할 나위 없이 완벽했다. 이 완벽한 순간을 엄마는 모르고 있을 터였다. 나는 다음에는 꼭 엄마에게도 여행의 즐거움을 알려주겠노라 다짐했다. 하지만 학생이었던 내게 돈은 없었고 가보고 싶은 곳은 많았다. 나는 엄마와 함께 떠나는 순간을 계속해서 미뤄왔다.

지금까지도.

"우리 딸, 잘 다녀와."

"응, 잘 다녀올게."

막상 떠나는 날이 다가오면 엄마는 아무렇지 않다는 듯 웃었다. 나도 평소와 똑같은 아침인 양 밝게 인사했다.

엄마는 여전히 여행을 떠나는 나를 이해하지 못한다. 여행이 뭐라고 그거에 돈을 쓰냐는 엄마의 잔소리가 떠오른다. 만약 엄마에게도 내가 여행을 하며 느꼈던 행복한 순간들이 있었다면 조금은 다른 잔소리를 하지 않았을까?

1년 만에 다시 멘 배낭은 마치 어제 메던 것처럼 익숙했다. 엄마의 걱정만큼, 아주 조금은 무거워진 배낭과 함께 나는 다시 길 위에 섰다.

세2화 아무것도 안 할 수 있는 시간

"음, 별로 궁금하진 않지만···. 그래, 베를린에 왔으면 국회의
사당은 가줘야지."

여행자라면 누구나 한 번쯤 이런 생각을 해봤을 터다. 별로 관심
이 없어도 유명하다는 성당이나 미술관, 박물관에는 한 번쯤 가봐
야만 할 것 같다던가, 남들이 모두 가는 곳에 나만 가지 않으면 왠
지 지는 기분이 든다던가, -하는 생각 말이다.

이런 생각이 들 때면 나는 공원에 앉아 노래를 듣고 싶은 마음을
억누른 채 별로 관심도 없는 관광지로 향하곤 했다. 베를린에서 괜
한 의무감에 국회의사당으로 향했던 그 날처럼. 하지만 정작 '베를
린' 하면 가장 먼저 생각나는 건 베를린 장벽도, 국회의사당도 아닌
이름 모를 잔디밭에 누워 하늘 위 구름을 바라보던 순간이다.

이제는 남들이 하는 것을 무작정 따라 하는 것이 능사가 아님을
알지만, 기껏 나온 여행에서 욕심을 내려놓기란 참으로 어려운 일

이다. 그래서 나는 욕심과 적절히 타협하기 위해 여행 일정을 느긋하고 여유롭게 잡는다. 남들이 좋다는 것도, 내가 하고 싶은 것도 모두 천천히 음미할 수 있도록.

문제는 모든 여행자가 두 마리 토끼를 잡기 위해 느린 여행을 할 수 있는 건 아니며 아무리 느린 여행이라 할지라도 선택의 순간은 여전히 존재한다는 거다. 그렇기에 나는 포르투의 존재가 참으로 기꺼웠다.

마드리드에서 9시간가량 버스를 타고 달려 도착한 포르투는 조용한 도시였다. 밤 9시만 되어도 가게들이 문을 닫아 거리는 어두워졌으며 화려한 클럽 같은 것은 찾아볼 수 없었다. 마드리드에서는 흔했던 젊은 여행자들이 술에 취해 시끄럽게 거리를 돌아다니는 모습도 좀처럼 보기 힘들었다. 마드리드의 시끄러운 분위기에 적응되어 있던 탓일까. 포르투에 도착한 첫날, 나는 포르투가 꽤 심심한 도시라고 생각했다. 그리고 바로 이것이 포르투의 매력임을 깨닫기까지는 그리 오래 걸리지 않았다.

포르투에 머문 5일 동안 나는 아무것도 안 했다. 바꿔 말하자면, 멍하니 도우루 강가에 앉아 구름이 흘러가는 모습을 바라보는 것이 내가 하는 일의 전부였다. 이 작은 도시에는 의무감에 사로잡혀 봐야 하는 곳들이 많지 않았기에 "남들이 가는 곳은 다 가보겠어!" 하는 욕심을 부릴 필요조차 없었다. 내 마음이 시키는 대로 발걸음을 옮기면 그것으로 충분했다.

포르투는 그렇게 세계 각국의 여행자들에게 '아무것도 안 할 수 있는 시간'을 선물해주고 있었다. 어떠한 의무감도 없이 도우루 강가에 앉아 넋 놓고 있는 것만으로도 행복해지기 충분한 곳. 아무것도 안 해도 괜찮은 곳. 포르투는 그런 도시였다. 왜 많은 이들이 포르투와 사랑에 빠졌는지 알 것 같았다.

어쩌면 힐링을 위해 우리에게 필요한 건 그다지 대단하지 않은 것일지도 모른다. 아무것도 안 할 수 있는 시간과 포르투 와인 한 잔, 그거면 충분하지 않을까?

제3화 방심의 대가

눈앞이 캄캄해졌다. 비었다. 아무리 계산해봐도 200유로가 비었다. '설마'하는 마음으로 배낭 구석구석을 뒤져본들 사라진 200유로가 갑자기 나타날 리 만무했다. 10유로도, 20유로도 아니고 200유로라니?

"소매치기는 그냥, 진짜 운인 것 같아요. 조심하는 것도 중요하긴 한데 아무리 조심해도 운이 없으면 털리더라고요. 저는 파리에서 별로 신경 안 쓰고 다녔는데도 안 털렸어요."

그래, 분명히 이 말은 3시간 전 내가 내뱉은 것이렷다. 소매치기로 악명 높은 파리에서도 안 털렸다고 기세등등해져서는 동행에게 일장연설을 늘어놓았다. 그때의 나는 내가 소매치기에 당하리라고는 꿈에도 생각하지 못했다.

"내가 계산을 잘못했나? 아니야. 계산을 잘못했다고 200유로나 빌 리는 없잖아."

이제는 인정해야 할 때였다. 내가 소매치기에 당했다는 걸. 200 유로면 한화로 30만 원에 육박하는 큰돈이다. 한푼 한푼이 소중한 소전 여행자에겐 청천벽력 같은 일이었다. 진정하고 생각해 보자. 내가 털릴만한 일이 언제 있었지? 한참을 고민하던 중 머릿속을 스 쳐 지나가는 일이 있었다.

며칠 전, 동루이스 다리를 건너는데 어딘가 싸한 느낌이 들었다. 정체를 알 수 없는 감각에 뒤를 돌아보니 웬걸? 가방 문이 활짝 열 려있는 게 아닌가. 나는 화들짝 놀라며 빛보다 빠른 속도로 가방 문을 잠갔다. '어휴, 멍청하게 지퍼도 안 잠그고 나왔었네'라는 생 각과 함께…. 그런데 내가 지퍼를 안 잠근 게 아니라 누군가 내 가 방을 열고 200유로를 가져간 거였다면? 그게 소매치기였다면? 하 나하나 곱씹어보니 왜 그때 바로 눈치채지 못했는지 스스로가 한심 하게 느껴졌다.

나는 방심하고 있었다. 항상 옷 속에 차고 다니던 여행용 복대는 배낭 깊숙이 처박아둔 지 오래였고 아무런 안전장치도 없는 백팩에 온갖 귀중품을 넣어 다녔다. 나는 털리지 않을 거라 자만하고 다녔 으니 그들에게 얼마나 좋은 먹잇감이었겠나. 방심하면 털린다는 말 이 괜히 있는 게 아니었다.

그래도 방심의 대가치고는 너무 컸다. 고작 10유로를 아끼겠다고 도우루 강가에서 30분은 떨어진 곳에 숙소를 잡아 매일 오르막길을 걸어 다녔다. 비싼 레스토랑 대신 1유로짜리 빵이나 직접 만든 파스타로 끼니를 때우곤 했다. 그런데 200유로라니. 그 돈이면 도우루 강가 근처에 있는 숙소에서 편하게 호캉스를 즐길 수 있었을지도 모른다.

허탈한 마음에 한국에 있는 친구들에게 괜히 카톡을 보냈다. 헤집어놓은 배낭을 정리하며 혹시나 200유로가 갑자기 나타나진 않을까 기대했으나 역시나, 헛된 기대였다.

"그래, 200유로는 잊자. 이미 털린 거 뭘 어쩌겠어. 잊어버리자!"

하지만 안타깝게도 가난한 소전 여행자에게 200유로는 쉽게 잊을 수 있을 만한 금액이 아니었다. 나는 한동안 '200유로만 있었더라면'하는 생각을 떨쳐낼 수 없었으며 배낭 한쪽에 팽개쳐뒀던 여행용 복대는 그날 이후로 나의 소중한 여행 메이트가 되었다.

제4화 내가, 다시는, 구글 날씨를 믿나 봐라

1년 정도 홍콩에 살았던 적이 있다. 홍콩은 일기예보가 지지리도 맞지 않는 도시였는데 가장 정확하다는 날씨 어플도 틀리기 일쑤였다. 오죽하면 '우리나라 일기예보는 정확한 편이었구나.' 하는 생각까지 했을까.

하루는 버스에서 막 내렸는데 내가 있는 곳에 곧 소나기가 온다고 알람이 왔다. 우산이 없어 발을 동동 구르며 걱정했으나 몇 시간이 지나도 비는커녕 햇빛만 쨍쨍했다. 이런 상황이 반복되다 보니 나도 다른 로컬 친구들처럼 핸드폰에 깔아 둔 날씨 어플을 들여다보지도 않게 되었다.

그때의 습관 때문일까. 나는 여행할 때조차 날씨를 확인하는 일이 잘 없었다. 그러니 내가 다음 목적지인 리스본의 날씨를 포르투를 떠나기 전날에야, 그것도 다른 사람에게 들어서 알게 된 건 그리 놀랄 일도 아니었다.

"보셨어요? 리스본 계속 비 온대요."

포르투를 떠나기 전날, 비가 올 거란 소식에 황급히 검색해 본 리스본의 날씨는 온통 비였다. 리스본뿐만이 아니었다. 포르투갈 지도 전체가 우산 모양으로 도배되어 있었다.

내가 리스본 일정 중 가장 기대했던 건 유라시아 대륙의 끝이라는 호카곶이었다. 리스본에서 2시간 남짓 떨어진 이곳은 유럽의 최서단이라는 상징성 때문에 더욱 유명했다. 대서양을 볼 수 있는 곳이기에 날씨가 더욱 중요한 곳이기도 했다. 하지만 포르투갈 전역이 비로 가득한데 호카곶이라고 예외일 리 없었다.

비, 비, 비, 비, 비….

한참을 구름과 비뿐인 일기예보를 들여다보며 고민했지만 사실 결론은 하나였다. 좋아, 비가 가장 적게 오는 날 호카곶을 가자.

금요일 비, 토요일 뇌우

"토요일은 뇌우면 도대체 비가 얼마나 온다는 말이야? 금요일에 호카곶을 가고 토요일엔 온종일 숙소에 누워 있어야지."

이것이 호카곶을 포기할 수 없었던 나의 원대한 계획이었다. 다만 내가 한가지 간과한 점이 있다면 일기예보는 한국이던, 홍콩이던, 포르투갈이던 믿으면 안 된다는 사실이었다.

"비가 이 정도로 올 줄이야."

비가 억수같이 쏟아져 내렸다. 세차게 불어오는 바람에 우산이 뒤집히는 건 예사였고 자욱하게 낀 안개에 신트라의 전경을 내려다볼 수도 없었다. 장난감 궁전 같은 독특한 외형으로 유명한 페나 성이었으나 강한 비바람 때문에 다들 성 외부를 둘러볼 엄두조차 내지 못하고 있었다. 평소라면 한적했을 성 내부는 세찬 비를 피하려고 온 여행자들로 인산인해를 이뤘다. 수학여행을 온 학생들처럼 성 내부를 한 줄로 서서 관람해야 할 정도였다.

분명 신트라로 향하는 기차를 탔을 때까지만 하더라도 귀여운 이슬비만이 보슬보슬 내리고 있었는데…. 한숨을 푹 내쉬는 와중 갑자기 밖에서 엄청난 소리가 들려왔다. 맙소사, 천둥이다. 아니, 이 정도면 일기예보에 '뇌우'라고 표시해줘야 하는 거 아니야? 내가 다시는 구글 날씨를 믿나 봐라.

성 내부를 한 바퀴 돌고 핫초코를 마시며 몸까지 녹였음에도 빗줄기는 약해질 기미를 보이지 않았다. 옷도 신발도 젖을 만큼 젖어버린 탓에 추워서 몸이 덜덜 떨렸다. 원래 일정대로라면 이제 호카곶으로 향해야 했지만, 이대로 숙소로 돌아가 두툼한 이불 사이에 쏙 누워 편히 쉬고 싶다는 욕망이 불쑥 튀어 올랐다.

"저는 신발이 젖어서 다시 리스본으로 돌아가야 할 것 같아요. 발이 너무 시려서요. 날씨도 안 좋은데 같이 리스본에 가서 저녁

먹을래요?"

　결국, 한참을 덜덜 떨다가 탄 버스 안에서 동행은 리스본으로 돌아가겠다는 의사를 밝혔다. 그의 말은 내 고민에 불을 지폈다. 리스본으로 돌아갈지, 뭐가 됐든 계획대로 호카곶에 갈지 맹렬한 고민이 시작됐다. 춥고 힘들어 리스본으로 돌아가고 싶으면서도 호카곶을 포기하면 후회할 것 같았다. 리스본이냐, 호카곶이냐. 그것이 문제로다.

　"이 정도 날씨면 호카곶은 바람이 훨씬 많이 불지 않을까요? 거기는 바다 근처라 평소에도 바람이 장난 아니래요."

　쉽사리 결정을 내리지 못하는 내게 동행이 슬며시 말을 걸어왔다. 호카곶은 더 추울 테니 나와 같이 리스본에 돌아가자! 그의 눈빛이 이렇게 말하는 듯했다. 어쨌든 그의 말은 상당히 설득력 있었다. 평소에도 바람이 그렇게 세다는데 비가 폭풍우처럼 몰아치는 오늘은 어떻겠는가.
　그래, 이 날씨에 호카곶을 가는 건 어리석은 짓이야. 그리고 생각해 보니 세상의 끝은 무슨. 지구는 둥근데 무슨 세상의 끝이야? 망할 유럽 중심사상. 그깟 대서양, 안 봐도 그만이야. 리스본에 가서 에그타르트나 먹어야지. 좋아, 이걸로 자기합리화는 충분해.

　"좋아요. 리스본에서 맛있는 거 먹어요, 우리."

　　얼마나 지났을까. 태풍같이 내리는 비를 뚫고 버스가 신트라 기차역에 멈춰 섰다. 리스본행 기차가 출발하기까지 남은 시간은 대략 10여 분. 우리는 마그넷을 사기 위해 기차역 근처에 있던 기념품 가게로 향했다.

　　"어? 비가 그쳤나 봐요."

　　그리고 잠시 후, 리스본행 기차를 타기 위해 다시 거리로 나왔을 땐 놀랍게도 오늘 하루 그토록 우리를 괴롭히던 비가 그쳐있었다. 우리가 가게 안에 있던 단 몇 분 만에 말이다.

"저 호카곶으로 가봐야 할 것 같아요!"

비가 그친 하늘을 본 순간, 호카곶에 가야 한다는 직감이 강하게 몰려왔다. 이대로 리스본으로 돌아간다면 두고두고 후회하리라. 동행에게 허겁지겁 작별인사를 하고 반쯤은 충동적으로 곧 출발하려는 호카곶행 버스에 올라탔다.

"안녕? 우리 리스본으로 오는 기차에서 만난 적 있지 않아?"
"어? 맞아. 기억해! 안녕?"

그렇게 올라탄 버스 안에는 낯익은 얼굴이 앉아있었다. 리스본으로 향하던 기차에서 나에게 이번 역이 리스본이 맞는지 물어보았던 친구였다. 나는 반가운 마음에 영화에나 나올법한 대사로 말을 걸었고 그 역시 나를 기억했다. 갑자기 그친 비에 기분 좋은 우연까지. 놀라운 일의 연속이었다. 왠지 느낌이 좋았다.

다행히도 호카곶에 가까워질수록 하늘은 점점 밝아졌고 마침내 호카곶에 도착했을 땐 그 날 처음으로 맑은 하늘을 볼 수 있었다. 드넓게 펼쳐진 대서양이 구름 사이로 쏟아지는 햇빛을 받아 반짝이고 있었다. 별다른 기대 없이 마주했기에 더욱 값진 광경이었다.

Where the land ends and sea begins.

아까까지만 해도 지구는 둥근데 무슨 세상의 끝이냐며 비웃었던 문장이 괜히 있어 보이게 느껴진다. 역시 사람 마음은 알 수 없다. 리스본에서 나를 괴롭혔던 구글의 일기예보만큼이나 말이다.

아, 심지어 뇌우가 내릴 거라던 토요일은 완전히 쨍쨍했다. 그렇게 햇살이 강할 수가 없었다니까.

내가,
다시는,
구글 날씨를 믿나 봐라.

02.
인생에서 한 번쯤,
사하라

모로코

제5화 그럼에도 불구하고 따뜻했다

한결같은 대답이었다. 마라케시를 거쳐 온 여행자들은 "마라
케시는 정말 별로예요."라고 말하며 고개를 흔들었다. "호객꾼도 많
고, 시끄럽고….."로 시작되는 이야기를 듣고 있다 보면 나도 모르게
고개를 끄덕이게 됐다.

"맞아. 마라케시가 호객꾼이 정말 많긴 하지. 택시비를 높게 부르
는 건 기본이고. 어디 그뿐이야? 제마엘프나 광장의 공기가 너무
안 좋아서 목감기가 더 심해지기도 했었는데…. 그때 사진작가님이
주신 목감기약이 아니었다면 메르주가로 가는 버스에서 엄청나게
고생했을 거야."

그러다 누군가 너의 마라케시는 어땠냐고 물어올 때면 나는 잠시
곰곰이 생각하다가 이내 "좋았어!"하고 외치곤 했다. 그네들의 말마
따나 호객꾼도 많고, 시끄럽고, 비록 호스텔은 찬물만 나와 제대로
씻지도 못했지만, 모두가 별로라고 말했던 마라케시가 나는 좋았다.

사실 모로코 여행의 시작은 썩 순탄치 못했다.

그날은 마라케시에 막 도착한 날이었다. 제마엘프나 광장을 향해 쌩쌩 달려가는 택시 안, 택시의 속도만큼이나 내 심장도 빠르게 뛰었다. '인터넷이 연결되지 않았습니다'라는 문구와 함께 나를 반기고 있는 빈 화면 때문이었다. 택시는 점점 기차역에서 멀어져 가는데 이놈의 인터넷은 도무지 연결될 기미가 보이지 않았다. 젠장. 비행기는 한 시간 연착되질 않나, 기껏 기차역에서 산 유심은 먹통이질 않나. 첫날부터 이게 무어란 말인가. 나는 불안한 마음에 옆에 있던 순주에게 툴툴댔다.

"순주야, 어떡하지? 나 데이터가 안 터져."

무엇이 문제였던 걸까. 다른 동행들이 공항에서 유심을 살 때 따라 샀어야 했나? 모로코 텔레콤이 아닌 다른 통신사는 인터넷이 종종 끊긴다고 들었던 탓에 사지 않았던 건데 괜히 유난을 떨었나 싶다. 아니, 적어도 기차역을 떠나기 전에 데이터가 제대로 터지는지 확인이라도 했었다면…. 기다리는 동행들에게 미안하다고 그냥 기차역을 떠난 것이 화근이 될 줄은 몰랐다.

"너무 걱정하지 마. 호스텔 스태프에게 물어보면 도와줄 거야."

일리 있는 순주의 말에 고개를 끄덕이면서도 도무지 안심할 수는 없었다. 다른 나라였다면 "유심이 없는 게 뭐 어떻다고! 아날로그적

이고 좋네!” 하며 이곳저곳 쏘다녔을지도 모르지만, 한국에서부터
지레 겁먹었던 모로코 아닌가. 나는 결국, 숙소에 도착하자마자 호
스텔 스태프를 붙잡고 이것저것 물어보기 시작했다.

“혹시 근처에 유심을 살만한 곳 있을까? 유심을 샀는데 인터넷이
터지지 않아.”
“이 근처? 잠시만. 아, 마라케시 기차역이 가장 가까워!”
“마라케시 기차역?”

기대를 가득 안고 물어보았으나 그가 가장 가까운 모로코 텔레콤
이라며 손가락으로 가리킨 곳은 우리가 방금 떠나온 마라케시 기차
역이었다. 맙소사. 정말 다시 기차역으로 돌아가는 방법밖에 없단
말이야? 곧 있으면 어두워질 텐데….

“무슨 일이야?”

내 얼굴이 자못 심각해 보였던 건지 다른 스태프가 걱정스러운
얼굴을 하며 말을 걸어왔다. 그는 따뜻한 민트티를 내밀며 내 옆자
리에 털썩 주저앉았다.

“기차역에서 유심을 사고 충전도 했는데 데이터가 안 터져. 그런
데 가장 가까운 모로코 텔레콤이 기차역이래. 나는 내일 아침 버스
를 타고 메르주가로 가야 해서 시간이 많지 않거든.”

"음. 한번 내가 봐볼게. 핸드폰 좀 줘볼래?"

"어…. 고마워."

의례적인 감사 인사였다. 그가 스티브 잡스도 아닌데 핸드폰을 본다고 별수 있겠나. 나는 아무런 기대감 없이 그에게 핸드폰을 넘겨 주었다.

'솔직히 뭐, 얼마나 열심히 봐주겠어? 난 오늘 처음 본 타인인걸. 그냥 몇 번 건드려보다가 말겠지. 그나저나 유심은 정말 어떻게 한담. 역시 포기해야 하나?'

언제 핸드폰을 돌려주려나 생각하고 있던 나는 얼마 지나지 않아 얼굴이 홧홧하게 달아오르는 걸 느꼈다. 몇 번 건드려보다 말 것으로 생각했던 나를 비웃듯 그는 내 문제를 해결해주기 위해 최선을 다하고 있었다. 핸드폰 설정을 바꿔보고, 다른 스태프들에게 조언을 구하고, 심지어 자신의 핸드폰으로 모로코 텔레콤에 전화를 걸어 보기까지 했다.

그 사이 시간은 20분이 훌쩍 지나있었다. 사실 그가 나를 위해 20분도 넘는 시간을 할애할 이유는 없었다. 호스텔 스태프라고 하더라도 우리는 오늘 처음 본 사이이지 않나. 대충 살펴본 뒤 '해결 불가' 판정을 내렸어도 나는 별 불만 없이 받아들였을 거다. 하지만 그는 최선을 다했고 그 모습은 나를 못내 부끄럽게 했다.

그에게 핸드폰을 건네줄 때의 내 모습은 어땠던가. 호스텔 스태프니까 그의 친절이 당연하다고 생각했고 고맙다는 감사 인사는 의례적으로 내뱉은 말일 뿐이었다. 말로는 고맙다고 하면서도 사실 그의 호의를 가벼운 것으로 치부하지 않았나. 이 세상에 당연한 친절 같은 것은 없는데도.

"미안. 모로코 텔레콤이랑 통화를 해보긴 했는데 일단 내일까지는 기다려보는 게 좋을 것 같아."

그의 갖은 노력에도 불구하고 문제는 해결되지 않았다. 하지만 그것으로 이미 충분했다. 그의 작은 친절함이 전해진 뒤로 나에게 모로코는 더는 낯설고 무서운 나라가 아니었다. 인터넷에서 본 납작한 정보로만(성희롱, 캣콜링, 사기, 인종차별, 이슬람 따위의-) 존재하던 모로코는 이제 없었다. 모로코의 모든 것이 살아 숨 쉬며 나에게 말을 걸어오는 듯했다.

"어때? 이곳도 네가 있던 곳과 별반 다르지 않지? 눈을 뜨고 주위를 둘러봐. 납작한 정보들로 가득했던 활자가 아니라 지금 네 앞에 살아 숨 쉬고 있는 것들을 봐. 네가 사랑하게 될 수많은 것들이 여기에 있어. 사실 색안경을 끼고 바라보고 있던 건 너 아니야?"

여전히 인터넷은 터지지 않았지만, 마음은 왠지 모르게 가벼워졌다. 불현듯 유심이 터지지 않아 다행이라는 생각이 들었다. 이날의 기억 덕에 나의 마라케시는 남들보다 조금 더 따뜻했으니 말이다.

호객꾼도 많고,

시끄럽고,

호스텔은 따뜻한 물조차 안 나왔지만,

처음 본 여행자에게 작은 친절함을 베풀 줄 아는

따뜻한 사람들이 있는 곳.

그게 나의 마라케시였다.

제6화 제마엘프나 광장의 오렌지 주스

4월의 모로코 공기는 건조하고, 또 건조했다. 리스본에서 걸린 목감기는 제마엘프나 광장의 안 좋은 공기를 만나자 더욱 기승을 부렸다. 우리는 "목말라!"를 연발하며 주위를 두리번거렸다.

"저기 오렌지 주스 파는 것 같은데?"

마침 제마엘프나 광장에서 판다는 4디르함짜리 오렌지 주스가 눈에 들어왔다. 4디르함. 우리 돈으론 고작 600원이다. 마시고 배탈난 사람들도 있다는 글을 봤던 기억이 났지만, 그런 게 뭐가 중요할까. 난 지금 모로코에 있고 목이 마른걸? 더군다나 4디르함 아닌가. 이건 마셔야 한다. 지금 당장.

우리가 가게 앞을 서성이자 주인으로 보이는 모로칸이 "오렌지? 스트로베리?" 하며 물어왔다. 고민할 필요도 없다. 당연히 오렌지

주스지. 그는 진열되어 있던 오렌지 하나를 집어 주스 한잔을 뚝딱 만들어주었다.

목말랐던 우리는 오렌지 주스 한 컵을 단숨에 들이켰다. 역시 바로 갈아주는 주스는 믿음을 배신하지 않는다. 아쉽게도, 시원하진 않았지만.

"와, 진짜 맛있다."

사실 이제는 이날 먹었던 주스의 맛이 어땠는지도 기억이 가물가물하다. 벌써 몇 년 전의 일이니까. 그런데 정말 이상한 건 향 연기로 가득 찬 제마엘프나 광장의 뿌연 하늘과 호객행위로 시끌벅적한 사람들 사이에서 마신 이 오렌지 주스가 한국에 돌아온 이후에도 가끔 생각나곤 한다는 거다.

제7화 신화 속 산맥을 지나서

마라케시에서 사하라 사막이 있는 메르주가로 가기 위해선 하루에 한 대 있는 버스를 타고 13시간을 꼬박 달려야 한다. 잠이 잘 오지 않는 낮에 버스를 타고 13시간을 앉아서 가야 한다는 것도 꽤 고역이지만, 더 큰 문제는 산맥을 넘어가야 하므로 가는 길이 굉장히 꼬불꼬불하다는 점이었다. 한마디로 멀미하기 딱 좋은 조건이다. 실제로 한 승객이 버스에서 토를 해 13시간 동안 토 냄새를 맡으며 와야 했다는 여행자도 있었다. 다행히도 출발 전 먹었던 멀미약 덕분인지 나는 아무런 문제 없이 13시간 동안 눈 앞에 펼쳐진 풍경을 감상할 수 있었다.

어린 시절, 그리스 로마 신화라는 만화책에 푹 빠져있던 적이 있다. 아마 나와 비슷한 또래라면 이 만화를 모를 수가 없을 것이다. 지금은 싫어하는 이야기지만 당시엔 생전 처음 듣는 올림포스 신들의 이야기가 얼마나 재미있던지 새로운 편이 나올 때마다 엄마를

졸라 꼭 책을 손에 넣곤 했다. 그때의 나는 그 신화 속에 나오는 장소에 내가 가게 될 것이라고는 꿈에도 생각하지 못했다.

아틀라스 산맥. 티탄 전쟁에서 패한 뒤 하늘을 짊어지는 형벌을 받게 된 티탄 족 아틀라스가 메두사의 머리를 보고 돌로 변해 만들어졌다는 신화 속의 장소. 내가 신화에나 나오던 장소를 달리고 있다는 사실에 몽실몽실한 감정이 일었다. 그리고 이 길의 끝엔 꿈에 그리던 사하라가 있지 않나.

"나는 사하라에 갈 거야."

몇 시간 뒤면 줄곧 외쳐오던 다짐이 현실이 된다니. 여행을 시작한 지 2주도 넘었건만, 왜인지 얼떨떨한 기분이 든다. 사막에 대한 환상을 가득 품은 채, 나는 이번 여행의 이유였던 사하라에 가까워지고 있었다.

제8화 낙타 똥 먹을래?

사막의 모래와 대비되는 파란 질레바,
한 톨의 모래알도 허용하지 않겠다는 듯
얼굴을 꽁꽁 싸맨 노란 스카프와
새까만 선글라스.

이렇게 한껏 차려입으니
마치 내가 매일같이 사막을 누비는 베르베르인이라도 된 것 같다.

드디어 나는 오늘,
꿈에 그리던 사하라 사막으로 간다.

　　숙소에서 베이스캠프까지는 낙타로 1시간 남짓. 베르베르인 친구
들이 이끄는 낙타 위에서 바라본 사막은 실로 경이로웠다. 아무것
도 존재하지 않는 듯 끝없는 고요로 뒤덮인 사막의 모습에 가슴이
벅차올랐다.

"배고파?"

사막에 압도당한 우리에게 부츠카가 장난스럽게 말을 걸었다. 이
정표 하나 없는 광활한 사막에서 어쩜 그렇게 길을 잘 찾는 건
지…. 뜨거운 태양 아래 푹푹 빠지는 사막의 모래 위를 걷는 게 힘
들 법도 한데 그를 비롯한 베르베르인 친구들의 얼굴에는 천진난만
한 미소만이 가득했다. 정말이지 프로다운 모습이 아닌가.

"배고파?"
"응, 배고파."
"방금 배고프다고 했지? 그럼 내가 초콜릿 줄게. 낙타 초콜릿!"

그러다 누군가 그의 물음에 배고프다고 입을 열면 그는 잔뜩 신
이 난 얼굴로 말을 이었다. 부츠카가 낙타 초콜릿이라며 가리킨 곳
에는 족히 수백 개의 낙타 똥들이 있었다. 언뜻 보면 돌멩이 같아
보이는 저것들이 전부 낙타 똥이라니…. 심지어 앞서가는 낙타도
쉴 새 없이 똥을 싸고 있다. 똥 파티다.

"배고파?"
"낙타 초콜릿?"

부츠카는 질리지도 않는지 베이스캠프로 향하는 내내 끊임없이
질문했다. 하도 낙타 똥, 낙타 똥 거리며 물어와서 종래에는 우리가

먼저 "넌 배 안 고파? 낙타 초콜릿 줄게!" 하고 말을 걸 지경에 이르렀다. 역시 전 세계 어느 나라든 똥은 최고의 이야깃거리다.

시도 때도 없이 한국말을 내뱉는 베르베르인과 사막을 건넌다는 건 굉장히 유쾌한 일이다. 그는 우리의 반응이 마음에 들었는지 계속해서 한국말을 내뱉었는데 사실 그중 대부분은 낙타 똥에 관한 이야기거나 우리의 마음을 대변해주는 듯한 사하라를 향한 끝없는 감탄이었다.

비록 낙타를 타고 가느라 가랑이 사이가 조금 아프긴 했지만, 아직도 눈을 감으면 그때의 순간들이 떠오른다.

누군가의 블루투스 스피커를 타고 흘러나오는
익숙한 한국의 노래와
흔들리는 낙타,
눈 앞에 펼쳐진 주황빛의 사막….
덤으로 사막 위를 수놓던 검은색 낙타 똥들까지 말이다.

제9화 사막을 오른다는 것

일순 뇌가 정지하는 듯한 기분이 들었다. 약간의 원망이 담긴 눈으로 부츠카를 바라보았지만, 그가 이런 내 마음을 눈치챌 리 없었다. 부츠카는 태연자약하게 베이스캠프 바로 앞의, 가장 높은 듄을 가리키며 말했다.

"일몰을 보려면 저 듄을 올라야 해. 어서 서둘러."

맙소사. 하필 저기를 올라야 한다고? 그럼 나는 아까 왜 그 고생을 한 거야?

그러니까 사건은 지금으로부터 3시간 전, 누군가의 말 한마디에 시작됐다. 일몰을 보기 전까지 주어진 잠깐의 자유시간. 처음에는 열심히 샌드보딩을 하던 사람들도 피곤했는지 하나둘 딱딱한 의자에 누워 잠을 청하기 시작했다. 나는 도통 잠이 오지 않아 포르투에서 산 그림 노트를 펼쳐 들었다.

"듄 꼭대기에서 보면, 저 반대편이 정말 멋져."

한창 그림에 열중하던 중 문득, 다른 투어 멤버들이 하던 말이 떠올랐다. 나는 아직 올라가 보지 못한 듄의 꼭대기. 정상에 올랐던 사람들은 그곳에서 바라보는 풍경이 정말 멋있다고 입을 모아 극찬했다. 궁금해졌다. 저 높은 곳에서 보는 사하라는 어떤 모습일까? 고개를 치켜드는 궁금증에 엉덩이가 들썩였다. 혼자 듄을 오르고 싶지 않았던 나는 옆에 있던 순주를 꼬드겼다.

"순주야, 우리도 저 듄에 올라가 보자. 정상까지."

그렇게 하필이면 하루 중 가장 덥다는 오후 2시경, 우리는 듄을 오르기 시작했다.

듄을 오르는 건 아스팔트로 덮인 땅바닥이나 잘 닦여진 등산로를 오르는 것과는 차원이 달랐다. 한 걸음 내디딜 때마다 고운 모래 사이로 발이 푹푹 빠졌다. 두 발자국을 걸으면 한 발자국만큼은 모래와 함께 다시 아래로 미끄러지기 일쑤였다. 10초만 올라가도 가빠오는 숨에 잠시 멈춰 모래 위에 드러누웠다. 사막의 모래는 만만히 볼 것이 아니었다. 아래를 내려다보니 순주는 정상을 보겠다는 마음을 진작에 접었는지 아예 자리를 잡고 누워 있었다. 어쩐지 어느 순간부터 보이지 않더라니.

"부럽다."

그런데 왜일까. 멍하니 저 아래 누워 있는 순주를 보는데 갑자기
부러운 마음이 솟구쳤다. 목표로 했던 정상에 더 가까운 것도, 더
높은 곳까지 올라온 것도 나였다. 그런데 왜 그가 부럽단 말인가.

부러움의 이유를 찾는 건 그리 어렵지 않았다. 나는 줄곧 사하라의 모래 위에 누워 세상을 다 가진 듯한 미소를 짓는 내 모습을 꿈꿔왔다. 하지만 막상 순주를 바라보는 내 얼굴엔 가까워지지 않는 정상에 대한 짜증이 덕지덕지 묻어 있었다. 반면, 순주의 얼굴에는 내가 바라왔던 환한 미소가 가득했다. 정상에 오르길 포기한 채 한가로이 시간을 보내고 있는 순주가 나보다 더 행복해 보였다.

"그래도 지금 포기하기엔 아까운데…."

정상으로 향하는 길이 행복하지 않다는 걸 깨달았음에도 나는 차마 포기할 수 없었다. 정상이 코앞이었다. 다시 내려가기엔 지금까지 올라온 거리가 아깝다. 나는 다시금 정상을 향해 발걸음을 재촉했다. 저 위에 도착하면 모든 것이 해결되리라, 정상에 도착하기만 하면 내가 더 행복해질 것이라 믿으며.

하지만 사막의 고운 모래는 계속해서 나의 발목을 붙잡았고 얼마 남지 않았다고 느껴졌던 정상은 도무지 가까워지지 않았다. 1년간의 시험공부로 약해질 대로 약해진 나의 구제 불능 체력도 한몫했다. 강렬하게 내리쬐는 햇볕에 입술이 바짝바짝 말라왔고 온몸에 힘이 빠졌다. 결국, 나는 포기를 택했다.

"그래, 그만두자."

올라오는 건 힘들었지만 내려가는 건 금방이었다. 듄을 내려오자마자 가방에서 페트병을 꺼내 물을 벌컥벌컥 들이켰다. 한껏 목을 축인 뒤 자리에 눕자 그나마 살 것 같았다. 나는 굳게 다짐했다. 다시는 저 정상에 오르겠다고 무모하게 도전하는 일은 없을 거라고.

다시 현재, 아까의 다짐이 무색하게도 일몰을 보려면 한 번 더 도전해야만 했다. 여기까지 와서 일몰을 포기할 수는 없지 않나. 망설이는 사이 사람들은 정상을 향해 출발했다.

체력도 안 좋으면서 땡볕에 정상에 올라보겠다고 생고생까지 했으니 내가 한참 뒤처지는 건 당연한 일이었다. 남들은 편히 낮잠 자고 있을 때 혼자 '체험 삶의 현장'을 찍고 있었으니 말이다. 대부분은 이미 정상에 도착해 편히 쉬고 있었다. 그나마 위안이 되는 건 이번에는 함께 듄을 오르는 사람들이 있다는 사실이었다.

"어서 올라와!"
"거의 다 왔어!"

정상에 가까워질수록 응원 소리가 점점 커졌다. 그리고 마침내 정상까지 두 발자국, 그때까지 말 한번 섞어본 적 없던 투어 멤버가 손을 내밀었다. 나는 기꺼이 그 손을 잡고 오늘 하루 그토록 닿고 싶었던 듄의 꼭대기에 올라섰다.

끝없이 펼쳐진 붉은 모래가 나를 반겼다. 저 멀리 보이는 수평선
끝까지 수십, 수백 개의 크고 작은 사구들이 시야를 가득 채웠다.
바람이 불 때마다 사막의 고운 모래 입자들은 이리저리 흩날렸다.
사막은 내가 바라보고 있는 그 순간에도 끊임없이 변하고 있었다.
숨이 턱 막혔다.

꿈만 같았다.

상투적인 표현이지만 이보다 더 적합한 문장이 있을까 싶다. 이 광경을 보기 위해 멀고 먼 모로코까지 온 것이었다. 감격에 젖어 주황빛의 대지를 바라보는데 힘들었던 한낮의 기억이 파노라마처럼 스쳐 지나갔다.

"난 한번 시작한 일은 끝장을 봐야 해."

언제나 그렇게 살아왔다. 나는 무엇이든 최선을 다하는 사람이었고 매일같이 새로운 목표를 세워 열정을 쏟아부었다. 때로는 무언가를 포기한다는 게 실패처럼 느껴지기도 했다. 듄을 오르면서도 마찬가지였다. 나는 정상이라는 목표를 세웠고 정상에 도달하지 못하면 실패하는 것이라 여겼다. 어차피 포기할 도전은 의미 없는 것으로 생각했다. 하지만 그렇지 않았다. 더 높은 곳에 있다고 더 행복해지는 건 아니었다.

한낮의 그 무모했던 시간 동안 포기를 실패로 여겼던 나는 더 행복할 수 있는 선택지를 외면한 채 정상으로 향했다. 그리고 그 길의 끝에서 포기를 택했을 때 나에게 남은 건 아무것도 없었다. 만약 순주처럼 정상이라는 목표가 아닌 정상에 오르는 길을 즐겼다면 나의 포기는 실패가 아니라 '예상치 못한 즐거움' 정도로 기억될 수 있었을지도 모른다.

　　포기는 실패가 아니었다. 포기 역시 인생이라는 긴 여정 속에선
하나의 과정에 불과했으며 포기라는 선택지가 있기에 조금 더 느리
게 걸을 수도 뒤를 돌아볼 수도 있는 거였다. 어쩌면 나는 그동안
포기라는 단어에 너무 큰 의미를 부여하고 있던 게 아닐까?

제10화 별똥별에 소원을 빌 땐

텐트 밖으로 나오니 어느새 어둑해진 사막의 하늘을 무수한 별들이 빼곡하게 채우고 있다. 머리에 두르고 있던 노란 스카프를 아무렇게나 깔고 그 위에 누워 하늘을 바라본다. 조금은 감성적인 노래를 선곡해 이어폰을 귀에 꽂는다. 키이라 나이틀리의 노랫소리가 잔잔히 흘러나온다. 아, 완벽한 순간이다.

"다들 이리로 와! 캠프파이어 준비 다 됐어."

저 멀리서 상념을 깨는 현실의 소리가 들려왔다. 아쉬운 마음에 괜히 뭉그적거리며 자리에서 일어났다. 잠깐이나마 맛본 사막의 밤하늘은 미련 없이 떠나기엔 너무도 아름다웠기에. 그래도 밤새도록 이 풍경을 볼 수 있을 테니 다행이라면 다행이었다. 새벽 내내 볼 은하수를 위안으로 삼으며 우리는 캠프파이어 장소로 향했다.

"뭐야? 지금 이거 구름 낀 거야?"

현실은 녹록지 않았다. 캠프파이어를 하면서도 이상하게 하늘이 어둡다 싶었는데…. 밝게 빛나던 모닥불이 꺼지니 기시감의 정체가 드러났다. 어디선가 나타난 구름이 하늘을 점령하고 있던 거였다. 잔뜩 기대하고 있던 우리를 비웃기라도 하듯, 그 많던 별들이 구름에 가려 단 하나도 보이지 않았다. 믿을 수 없는 현실에 어안이 벙벙했다.

포기하려고 해도 짧게나마 엿보았던 별들의 잔상이 계속해서 머릿속을 맴돌았다. 북두칠성, 카시오페이아, 오리온, 전갈자리, 그리고 이름 모를 별들까지…. '이리될 줄 알았다면 아까 더 실컷, 실컷 봐둘걸'하는 후회가 몰려왔다. 하지만 자연 앞에서 우리가 할 수 있는 건 많지 않았다. 언젠간 걷힐지도 모르는 구름을 기대하며 그저 기다리는 것밖엔.

"아직도 안 보이지?"
"응, 아직도 깜깜해."

하늘은 우리의 기도에 응답해주지 않았다. 은하수가 가장 잘 보인다는 새벽 2시가 지나고 누군가가 가져온 맥주가 동이 나도 하늘은 그저 깜깜했다. 그제야 하나둘 별 보는 것을 포기하고 텐트로 향했다. 아까의 빛나던 하늘은 모두 거짓이었던 것처럼 그날 사막의 하늘은 온통 어둠이었다.

사하라 사막에서 별 보기.

이번 여행의 이유였던 사막에서의 별을 이날의 하늘은 허락해주지 않았지만, 단 한 가지 다행이었던 점은 나에겐 다시 도전할 수 있는 날들이 남아 있다는 거였다.

내가 사하라의 별을 원 없이 마주한 건 그로부터 이틀 뒤의 일이었다. 저번에 못 본 별을 보고야 말겠다며 나는 다시 한번 사막 투어를 신청했다. 설마 이번에도 구름이 끼겠냐 싶으면서도 설렘만큼이나 걱정도 컸다. 그리고 이번에도 어김없이 밤은 찾아왔다.

캠프 파이어가 끝나고 주위를 환하게 밝히던 모닥불이 꺼졌다. 혹여나 저번처럼 별들이 다 사라지진 않았을까, 긴장한 얼굴로 하늘을 올려다 봤다. 아, 다행이다. 아까까지만 해도 모닥불의 빛에 가려 잘 보이지 않던 별들이 강한 존재감을 자랑하고 있었다. 구름한 점 보이지 않는 맑은 날씨였다. 투어 가이드인 사이드 역시 운이 좋은 거라며 엄지손가락을 치켜들었다.

"따라와. 별이 제일 잘 보이는 곳으로 데려다줄게."

우리는 사이드를 따라 어둠으로 뒤덮인 듄을 오르기 시작했다. 그처럼 사막의 지형에 익숙하지도, 밤눈이 밝지도 않았던 나는 핸드폰 플래시에 의지한 채 그를 따라 걸었다. 얼마 지나지 않아 그가 멈추어 선 곳은 베이스캠프의 불빛은 흔적조차 보이지 않는 오직 별들만이 빛나고 있는 곳이었다.

바람을 타고 사막 위를 떠도는 주황빛의 모래 입자처럼 수억 개의 별들이 사막의 밤하늘을 부유하고 있었다. 분명 수억 광년은 떨어진 곳에서 빛나고 있을 별들이 어렸을 적 방 천장에 붙여둔 별 모양 야광 스티커처럼 가깝게만 느껴졌다. 그 황홀경에 정신을 뺏겨 잠시 넋을 놓고 있으면 어디선가 별똥별이 쏟아져 내렸고 우리의 몸을 감싸고 있는 사막의 모래는 더할 나위 없이 포근했다.

"사막에서 보던 별들과는 달라."

알리네(모로코에서 한국인들이 많이 머무는 숙소다)에 도착한 첫날, 우연히 사막 투어를 끝내고 돌아온 여행자들이 나누던 대화를 듣게 된 적이 있었다. 그들은 한창 알리네에서 보이는 별들과 사막에서 본 별들을 비교하고 있었는데 목소리에는 전날 본 사막의 별에 대한 그리움이 가득했다.
사막에서 보던 별들과는 달라, 그때는 그 말이 무슨 뜻인지 몰랐는데…. 이제는 어렴풋이 알 것 같았다. 그 말의 뜻도, 그 말을 내뱉던 그들의 마음도. 왜인지 나도 지금 이 순간을 그리워하게 될 것 같으니까.

한참을 그렇게 별을 바라보는데 사이드가 담담하게 말을 건넸다. 고요한 사막의 공기 사이로 그의 차분한 목소리가 흘렀다. 그는 우리에게 별똥별에 소원을 비는 방법을 전수해 주었는데 그 방법은 생각보다 쉽기도 어렵기도 했다.

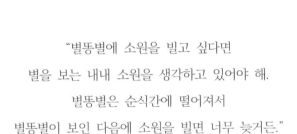

"별똥별에 소원을 빌고 싶다면
별을 보는 내내 소원을 생각하고 있어야 해.
별똥별은 순식간에 떨어져서
별똥별이 보인 다음에 소원을 빌면 너무 늦거든."

그날 이후로도 나는 매일 밤 알리네 테라스에 누워 원 없이 별을 봤다. 어떤 날은 은하수 사진을 찍어보겠다며 카메라를 들고 이리 저리 돌아다니기도 하고, 또 어떤 날은 다른 사람들과 도란도란 이야기를 나누며 실컷 은하수를 감상하기도 했다. 그렇게 몇 시간이고 밤하늘을 보다 보면 별똥별을 보는 일은 예사였다. 처음으로 별 똥별을 보고 다른 여행자들에게 자랑한 날, 겨우 하나밖에 못 봤냐는 핀잔을 들었을 정도로. 하지만 별똥별에 소원을 비는 일은 그리 쉽지 않았다. 사이드의 말처럼 별똥별은 예고 없이 떨어져 순식간에 사라지곤 했기 때문이었다.

　　사막에서 머물던 아홉 밤 동안 나는 별똥별에 소원을 빌지 못했다. 그래도 분명 내 소원이 하나쯤은 전달되었으리라 믿는다. 우리 눈에 보이지 않을 뿐 별은 언제나 빛나고 있고 우주 어딘가에선 별 똥별이 떨어지고 있을 테니.

제11화 사막휴양

    하실라비드는 사하라 사막까지 걸어서 갈 수 있을 정도로 사막과 가까운 작은 마을이었다. 내가 묵었던 숙소(알리네)의 테라스에서는 사하라 사막의 모습이 훤히 보였는데 그 모습이 실로 장관이었다. 그렇기에 테라스에 앉아 시간을 보내는 건 빼놓을 수 없는 중요한 일과 중 하나였다.

    그날도 여느 때처럼 테라스에 앉아 다른 여행자들과 담소를 나누는데 아래층이 시끌벅적했다. 무슨 일인가 하고 내려다보니 맙소사, 풀(pool)을 열고 있는 게 아닌가. 아무래도 오늘은 모래바람이 별로 불지 않아 내린 결정인 듯 보였다. 사막에서 물놀이라니! 상상만 해도 짜릿했다.

    알리네에 머무는 동안 바람이 약해 풀이 열리는 날이면 나는 그곳에서 발만 담근 채 물장구를 치며 시간을 보냈다. 나는 이 시간을 '사막휴양'이라고 불렀는데 물속에 발을 담그고 숙소 바깥으로 보이는 사막을 보고 있노라면 최고의 휴양지에 온 것 같았기 때문이었다. 여기에 값싼 물가는 덤이다. 그렇기에 누군가 나에게 최고의 휴양지가 어디냐 묻는다면 나는 당당히 대답하겠다.

"당연 사하라 사막이죠."

제12화 티켓을 찢어버릴 용기

눈을 뜨면 가장 먼저 오늘 해야 하는 일들을 머릿속에 열거한다. 원고 작성, 포토샵 작업, 책 표지 제작, 청소, 빨래, 설거지···. 그리고는 몇 시부터 몇 시까지 무슨 일을 할지 세세하게 나눠 어딘가에 적어둔다. 한 가지 일이 끝날 때마다 빨간색 펜으로 오늘 적은 계획을 하나하나 지워나가다 보면 "오늘도 참 알차게 살았구나!" 하는 뿌듯함이 밀려온다.

누군가는 굉장히 피곤한 성격이라며 고개를 내저을지도 모른다. 그런데 사실 이 계획의 실행 여부는 별로 중요하지 않다. 내가 즐기는 건 '계획을 짜는 행위' 그 자체이기 때문이다. 그래서 나는 계획을 다 지키지 못할 것 같으면 미련 없이 다시 계획을 짜곤 한다. 계획에 얽매여 일희일비하는 것이 아니라 계획을 나의 속도에 맞춘다. 이것이 계획 세우는 시간을 즐기는 나만의 방법이다. 하지만 여행을 할 때는 나도 모르게 계획에 집착하게 되곤 했다.

레나는 내 첫 카우치 서핑 호스트였다. 당시 나는 모든 게 처음이었다. 카우치 서핑도, 유럽여행도, 심지어는 혼자 여행하는 것도. 더욱이 그 날은 내가 여행을 시작한 지 이틀도 채 되지 않았던 날이었다.

"나 알고 보니 내일 시간이 비더라구! 하이델베르크에 가지 말고 그냥 나랑 더 노는 건 어때?"
"어, 미안. 나는 하이델베르크에 가보고 싶어. 버스도 예약해뒀고 인제 와서 일정을 바꾸기는 좀….."

그의 제안은 매력적이었지만 나는 큰 고민 없이 제안을 거절했다. 하이델베르크에 가보고 싶기도 했거니와 이미 예매해둔 표가 아까웠고 일정이 꼬이는 것도 무서웠다. 그깟 10유로짜리 버스표가 뭐가 그리도 아까웠는지. 여행 초보였던 나는 '일정대로' 여행을 해나가는 것이 중요했고 내가 이 선택을 후회하게 될 것이란 생각조차 하지 못했다.

이처럼 선택의 순간이 찾아오면 나는 늘 일정을 바꾸지 않는 편을 택하는 축에 속했다. 이유는 다양했다. 돈이 없어서, 시간이 없어서, 일정이 꼬여서…. 분명 일정을 바꾸지 않기로 한 나의 선택들은 더할 나위 없이 합리적이었지만 여행이 끝나고 집에 돌아오면 가끔 그 선택의 순간들이 후회되곤 했다.

'그냥 레나와 밤을 새워 놀걸. 함께 더 많은 시간을 보낼걸. 그랬

다면 훨씬, 훨씬 더 재밌었을 거야. 하이델베르크는 나중에도 갈 수 있는 것을.'

그때의 나는 돈이 없어서, 시간이 없어서, 일정이 꼬여서 그의 제안을 거절했던 게 아니었다. 나는 지독히도 계획을 좋아하는 사람이었고 단지 정해진 것을 바꿀 용기가 부족했을 뿐이었다. 그리고 선택의 순간은 이번에도 찾아왔다.

"사하라 사막은 개미지옥이야. 거기 있다 보면 떠나기 싫을걸?"

친구의 말은 정확했다. 사하라는 개미지옥이었다. 사하라를 떠나야 하는 날이 벌써 코앞으로 성큼 다가와 있었지만, 도무지 마음이 내키지 않았다. 그렇다고 사하라에 하루라도 더 머물면 '셰프샤우엔'을 포기해야만 했다.

모로코의 블루시티라 불리는 셰프샤우엔은 내가 이번 여행에서 사하라 다음으로 기대했던 여행지였다. 여행을 떠나기 전, 인터넷에서 파란빛으로 가득한 셰프샤우엔의 모습을 보고 "아, 나는 여기도 사랑하게 되겠구나."하고 직감했더랬다. 그랬기에 쉽사리 셰프샤우엔을 포기할 수 없었다.

나는 결국 다른 여행자들에게 도저히 못 고르겠다며 투덜거렸다. 쉽사리 결정을 내리기엔 두 곳 모두 매력적인 여행지였다. 나는 오전에는 셰프샤우엔으로 떠날 거라고 외치다가도 오후에는 다시 사하라에 남아 있겠다 선포했다. 그러다 누군가 입을 열었다.

"티켓은 찢으라고 있는 거야."

정작 말을 내뱉은 장본인은 별생각 없었을 거다. 그런데 나에게 는 그 말이 어찌나 달콤하게 들리던지. 나는 내 마음은 이미 한참 전에 정해져 있었다는 사실을 깨달았다. 내 마음의 추는 진작에 사 하라로 기울어져 있었지만, 두려움이 내 눈을 가리고 있었다. '괜히 일정을 바꿨다가 후회하면 어쩌지'라는 이름의 두려움이. 그래서 줄 곧 누군가 내 등을 떠밀어주길 기다리고 있던 거였다.

"맞아, 티켓은 찢으라고 있는 거지. 나 지금 떠나고 싶지 않으니 까 여기, 사하라에 있을래. 혹시 나한테 셰프샤우엔 가는 버스티켓 사실 분?"

나는 처음으로 일정을 바꿨다.
예약해뒀던 숙소를 취소했고 한동안 페스로 가는 여행자를 만날 때면 "셰프샤우엔 가는 버스티켓 안 살래요?"하고 물어보곤 했다. 끝끝내 살 사람이 나오지 않아 티켓은 그냥 찢어버렸지만.
그래서 그 선택에 만족했냐고? 그럼, 물론이다. 내 감정만을 바라 보고 내린 선택의 결과는 달콤했다. 사하라에 더 머문 2일간 나는 정말 행복했으며 '셰프샤우엔'이라는 모로코에 다시 올 멋진 핑계까 지 생겼거든.

원래는 셰프샤우엔으로 떠나야 했던 그 날, 우리는 알리네 테라스에서 보이는 가장 높은 듄에 오르기로 했다. 거의 1시간에 걸쳐 듄을 오른 끝에 우리는 듄의 꼭대기에 도착할 수 있었다. 미리 준비해 온 우산을 펼친 뒤 사막의 고운 모래 위에 누웠다. 저 멀리 우리가 묵던 알리네가 보였다. 새끼손톱보다도 작은 크기였다.

제13화 오늘도 하루가 흘러갑니다

기억을 더듬어보면 시간이 지나도 내가 그리워하는 것들은 대게 일상이 되어버려 무심코 지나치기 쉬운, 당연한 것들이었다. 제2의 고향이나 다름없는 홍콩을 떠올릴 때면 화려한 침사추이보다 매일같이 지나치던 강의실과 세븐일레븐 앞에서 마시던 맥주 한 캔이 더 그립게 느껴진다. 막상 홍콩에 있을 땐 수업 듣기 싫다고 투덜거렸으면서 말이다. 아마도 내 일상에 '당연하게' 녹아있던 것들이기에 빈자리가 유독 크게 다가왔던 것이리라.

나는 여행이 일상이 되는 순간을 좋아한다. 누군가에겐 스쳐 지나가는 곳에 불과한 여행지가 당연한 일상이 된다는 건 더 오래도록, 더 짙은 색채로 추억할 수 있다는 뜻이다. 모 여행 기업에서 '일상을 여행처럼, 여행을 일상처럼'이라는 슬로건을 괜히 내세우는 게 아니다.

사하라에 머무는 동안에도 나는 어렴풋이 알고 있었다. 어느새 일상이 되어버린 이 단조로운 하루가 여행이 끝나면 가장 그리워지리라는 걸. 나는 모든 순간을 기억 속에 꾹꾹 담아두기 위해 노력했다. 그리고 이건, 예상대로 그리워하게 된 사하라에서의 단조로운 하루들에 대한 기록이다.

01. 나는 혼자가 아니었다

장기투숙객. 짧은 일정으로 알리네를 거쳐 가는 수많은 이들 사이에서 일주일, 한 달, 혹은 그 이상 떠나지 않는 사람들을 우리는 장기투숙객이라 칭했다. 이 단조로운 곳에서 함께 지내다 보니 장기투숙객끼리 친해지는 건 당연한 일이었다. 아침 식사가 끝나고 나면 우리는 약속이라도 한 듯 테라스의 좁디좁은 그늘에 모여앉아 시간을 보냈다. 얼마 없는 그늘에 의자를 옮겨 다닥다닥 앉아있는 꼴이 멀리서 보면 조금 우습기도 했다.

"어? 그림 그리는 사람이다."

미누 언니를 처음 본 날, 언니는 그림을 그리고 있던 내게 반갑게 말을 걸어왔다. 알고 보니 언니야말로 인스타그램에 자신의 여행을 그려 올리고 있는 '그림 그리는 사람'이었다. 그 날 이후로 테라스에 앉아 그림을 그리고 있는 언니의 모습을 보는 건 쉬웠다.

언니의 만화는 솔직하게 풀어낸 감정과 생각의 조각들로 가득해서 읽다 보면 미처 지나쳤던 것들도 다시 한번 생각해 보게 됐다. 자연스레 언니의 만화를 보는 건 사막 생활의 소소한 즐거움 중 하나가 되었다. 심지어 사하라를 떠난 뒤에도 나는 언제쯤 등장할지 궁금해하며 언니의 만화를 오매불망 기다릴 정도로.

혜미는 동남아부터 시작해 벌써 5개월째 여행 중인 여행자였다. 하루는 혜미가 나와 미누 언니에게 동남아에서 배워 온 팔찌 만드는 법을 가르쳐주었는데 매듭을 일정하게 묶는 게 여간 어려운 일이 아니었다.

"혜미야, 이거 어떻게 묶어?"
"이렇게 묶는 거 맞아?"

마지막 매듭은 항상 혜미의 도움이 필요했다. 그 끝에 완성된 팔찌는 엉성했지만 내 눈엔 그 어떤 팔찌보다 멋졌다. 처음으로 만든 팔찌가 사하라 사막을 보면서 만든 팔찌라니…. 모양은 조금 엉성할지언정 이 얼마나 낭만적인가. 물론 그놈의 낭만 때문에 이제는 해질 대로 해져버린 팔찌를 버리지도 못하고 있지만 말이다.

사막에서 우리는 많은 이야기를 나눴고 많은 시간을 함께했다. 함께 웃고, 함께 별을 보고, 때로는 오래된 친구에게조차 털어놓지 못했던 이야기를 아무렇지도 않게 툭 꺼내 놓으며.

나는 혼자 걷는 길도 거기에 따라오는 외로움까지도 사랑한다. 다음엔 누구와 사하라를 갈 것이냐 묻는다면 또다시 혼자 가겠다 답할지도 모른다. 하지만 나의 사하라가 더 다채로운 색으로 기억될 수 있었던 건 분명 그곳에서 만난 사람들 덕분이었다. 혼자 하는 여행을 사랑하고 혼자이길 자처했던 나였지만, 나의 길 위에는 사실 무수한 사람들이 있었다.

02. 사랑보다 무서운 것

오후 3시가 되면 다들 낮잠에서 깨어나 1층 테라스에 모였다. 따로 약속하지 않아도 우리는 늘 이 시간쯤에 모였는데 이유는 간단했다. 바로 점심 식사. 이 작은 마을에서 고를 수 있는 선택지는 그다지 많지 않았다. 몇 없는 카페에 가서 샌드위치를 먹거나, 현지 라면을 사서 끓여 먹거나. 오늘의 선택은 라면이었다.

슬리퍼를 찍찍 끌며 도착한 슈퍼에는 마침 현지 라면이 새로 들어와 있었다. 우리는 모로코의 싼 물가에 행복해하며 물, 라면, 콜라, 주전부리 등을 잔뜩 골랐다. 숙소에 도착해 라면을 끓여 먹을 생각을 하니 벌써부터 입에 침이 고였다.

"우리 이 정도면 거의 현지인 아니야?"
"그러게. 동네 마실 나온 사람들 같아. 다들 차림새 좀 봐."
"다들 슬리퍼 끌고 나와서는….."

숙소로 돌아오는 길, 누군가 꺼낸 말에 주위를 둘러보니 다들 자다 나온 차림새 그대로, 양손에는 라면과 콜라를 든 채 터덜터덜 걸어가고 있다. 별안간 웃음이 터져 나왔다. 낮은 건물로 둘러싸인 하실라비드의 골목을 누비는 것도, 슈퍼라고 하기도 민망한 동네 가게로 장을 보러 나오는 것도, 끼니때마다 잠에서 깨 함께 밥을 먹는 것도 이제는 너무나 익숙했다.

만약 사막 투어만 하고 이곳을 떠났다면 사하라는 멋있었던 여행지 중 하나에 그쳤을 터다. 하지만 일주일도 넘게 이곳에 머물면서 나는 사하라에 익숙해졌다. 그리고 딱 그만큼 나는 사하라에 정이 들어가고 있었다. 가랑비에 옷 젖듯 그렇게 찬찬히.

  사랑보다 정이 더 무섭다고 하던가. 어쩌면 한 여행지에서 오래 머무는 건 사랑에 빠진 상대에게 점점 정이 들어가는 과정과 비슷할지도 모른다. 함께한 시간만큼 익숙해지고, 익숙해진 만큼 정이 들고, 정이 든 만큼 더 그리워질 테니.

03. 마지막 은하수

테라스에서 밤을 새울 요량으로 겉옷을 탁탁 털어 테라스 바닥에 깔았다. 딱딱한 바닥에 등이 배겨왔지만 오늘은 이대로 들어가 편안한 침대 위에서 잠자리에 들고 싶진 않았다. 무려 사하라에서의 마지막 밤 아닌가.

대자로 누워 별을 바라보고 있노라니 얼마 지나지 않아 졸음이 솔솔 몰려오기 시작했다. 이어폰에서는 잠들기 딱 좋은 잔잔한 노래가 흘러나오고 있었다. 그렇게 한참을 치열하게 졸음과의 사투를 벌이고 있는데 사막에서 막 퇴근한 아브라함과 눈이 마주쳤다.

"안녕!"

당시엔 미처 생각하지 못했으나 지금 생각하면 맨바닥에 겉옷을 깔고 누워 있는 내 모습이 그에겐 꽤 당황스러웠을 수도 있겠다. 어두운 테라스에 미동 없이 누워 있는 인형(人形)이라…. 다행히도 아브라함은 쉽게 놀라는 타입은 아니었나 보다. 그는 반갑게 인사하는 나를 힐끗 보더니 어디론가 사라졌다.

"자, 여기."

그리고 잠시 후, 다시 나타난 그의 손에는 매트리스가 들려있었다. 나는 얼떨떨한 얼굴로 그를 바라보았다. 맙소사, 매트리스라고? 손수 매트리스를 가져다줄 정도면 맨바닥에 누워 있는 내가 정말 안 돼 보였나 보다. 매트리스에 누워서 보는 은하수라니. 이런 호사는 상상하지도 못했다. "고마워."하고 인사하니 아브라함은 별거 아니었다는 듯 쿨하게 1층으로 내려갔다.

푹신한 매트리스에 눕고 나니 애써 참아왔던 졸음이 더 맹렬한 기세로 공격해오기 시작했다. 감았다 떴다를 반복하는 눈꺼풀 사이로 매일 보아오던 은하수가 오늘따라 더욱 찬란하게 빛나고 있었다. 반쯤은 잠에 취한 와중에도 그런 확신이 들었다.

"나는 이곳을 그리워하겠구나.
그리고 언젠가 반드시 다시 돌아오겠구나."

제14화 메디나에서 춤을

"Hey!!"

숙소로 돌아가던 길이었다. 누군가가 부르는 소리에 흠칫하고 발걸음을 멈췄다. 잠깐, 누군가 나를 부르고 있다고? 한국에서 족히 10000km는 떨어져 있는 이 모로코에서? 의아해하며 고개를 돌리니 두 명의 모로코 청년들이 반갑다는 듯 손을 흔들고 있었다. "이봐, 반가워!" 싱글벙글 웃으며 인사하는 그들의 모습을 기억에서 끄집어내는 건 그리 어려운 일이 아니었다.

'그러고 보니 아까 블루투스 스피커로 노래를 틀고 메디나 한복판에서 흥겹게 춤을 추고 있길래 지나가며 호응해줬었지? 덩달아 신이나 팔을 위아래로 흔들기도 했고. 그런 내 모습이 인상 깊었나봐. 좋아, 그럼 인사를 받아줘야지.'

"안녕, 왜 불렀어?"
"같이 춤추지 않을래?"

정말이지 생뚱맞은 제안이었다. 난 고작 인사를 받아줬을 뿐인데 갑자기 춤을 추자고? 이렇게 대뜸? 그는 하얀색 캡모자를 푹 눌러 쓴 채 강렬한 눈빛으로 대답을 촉구하고 있었다. 함께 다니던 언니를 슬쩍 바라보니 마음대로 하라며 고개를 끄덕인다. 좋았어, 답은 정해졌다.

"Why not?"

와이낫. 말 그대로다. 안될 이유가 뭐가 있겠나. 춤을 추자는데 당연히 응해줘야지. 이렇게 판까지 깔아주는데. 나의 승낙에 신이 난 그들은 나에게 노래 선택권을 넘겨주었다. 고심 끝에 고른 노래를 재생하자 한국어로 된 가사가 메디나 한복판에 울려 퍼졌다. 한국이었다면 어땠을까? 나는 결코 길 한복판에서 춤을 추자는 그들의 제안을 승낙하지 못했을 것이다.

중학교 때 친구들과 추억을 만들겠다며 학교 축제에 나가 춤을 춘 적이 있다. 축제가 끝나고 친한 언니를 만났는데 이런 질문을 들었다. "한 명만 계속 박자가 틀리던데 그게 너였어?"라는. 나는 내가 춤을 못 추는 걸 넘어서 몸치라는 사실을 이때 처음으로 깨달았다. 대학생이 되어서는 "너 춤추는 게 참 귀엽다."라는 말을 듣기도 했는데 이는 나의 어쭙잖은 웨이브에 대한 평이었다.

나 자신의 실력이 어떤지 알고 있었기에 춤도 노래도 좋아했던 나의 장기자랑은 주로 내 방안에서만 조용히 이루어졌다. 혹은 정말 친한 친구들과 간 노래방 스테이지 위에서나.

하지만 여행자라는 신분과 이방인이라는 애매한 위치는 평소라면 내지 못했을 용기를 줬다. 타인의 시선에 얽매이지 않는 것. 평소와 다른 행동에 일일이 이유를 설명하지 않아도 되는 것. 여행자만이 누릴 수 있는 특권 아닌가. 나는 오늘만큼은 내 감정과 기분에 집중하기로 했다. 그 결과가 이것이었다.

우리는 춤을 추기 시작했다. 춤을 잘 추는 것도 춤 동작을 속속들이 알고 있는 것도 아니었기에 우리의 춤은 그저 몸짓에 지나지 않았지만, 그 누구보다도 즐겁게 몸을 흔들었다. 문득 옆을 보니 몇몇 여행자들이 그런 우리의 모습을 찍고 있었다. 우리의 즐거움에 전염이라도 된 듯 활짝 웃는 얼굴로.

그날, 나는 메디나 한복판에서 춤을 췄다.

"너 정말 행복해 보였어."

모로코 여행이 끝나고 나는 정말 많은 사람에게 이 말을 들었다.
사진만 봐도 행복이 느껴진다나 뭐라나. 물론 사실이었다. 나는 모
로코에서 정말 행복했다. 다만 그게 사진에도 나타날 정도라는 이
야기는 퍽 놀라웠다.

제15화 쿠바는 어때요?

모로코를 떠날 날이 다가올수록 불안감은 커져만 갔다. 모로코에서의 시간이 하얀 도화지 위에 흩뿌려진 빨간색 물감처럼 너무나도 강렬했기에 이후에 어느 곳을 여행하던 별로 만족스럽지 못할 것만 같았다. '다른 곳에서도 설렘을 느낄 수 있을까?' 하는 의문이 붕붕 떠다녔다.

그리고 그 예감은 정확히 맞아떨어졌다. 지인들이 입을 모아 좋았다고 이야기했던 스페인이었지만 막상 그곳으로 향하는 나는 하나도 즐겁지 않았다. 새로운 곳에 대한 설렘도, 기대감도 그 무엇도 느껴지지 않았다. 멍하니 창밖을 바라보는데 페스의 호스텔에서 우연히 만난 그의 질문이 생각났다.

"쿠바는 어때요?"

한국인이라는 것 외에는 이름도 나이도 모르는 그는 모로코를 떠나 쿠바로 간다고 했다. 그는 모로코를 떠나길 아쉬워하는 나에게 쿠바는 어떻냐며 장난스레 물었다. 쿠바. 쿠바라면, 충분히 모로코를 대신해 줄 수 있을 것만 같았다. 내 가슴은 처음 세상을 마주한 아이처럼 간질거렸다. 당장이라도 그를 따라 쿠바행 비행기에 몸을 싣고 싶었다.

그렇다고 정말로 비행기 티켓을 찢고 쿠바로 향할 수는 없었다. 스페인 여행을 함께하기로 한 친구가 세비야에서 날 기다리고 있었으며 우리가 만나기로 한 날은 당장 내일이었다. 심지어 우리가 세운 여행계획에는 내 취향이 상당히 많이 반영되어 있었다. 이런 상황에서 어떻게 쿠바로 향하겠는가. 만약 친구와의 약속이 없었더라면 쿠바나 이집트는 둘째치고 나는 이미 세비야행 항공권을 찢어버린 채 모로코에 눌러앉아 있었을 거다. 아니면 배낭을 텅텅 비운 채 무작정 순례길로 향했거나.

어쩔 수 없었다는 사실을 알고 있음에도 '그의 그 질문에 흔쾌히 좋다며 따라나섰다면 내 여행은 어떻게 바뀌었을까?' 하는 생각이 머릿속을 떠다니는 걸 멈출 순 없었다. 그래, 이런 생각이 든다는 건 그만큼 모로코를 떠나기 싫다는 뜻이겠지. 하지만 이제 와 뭘 어쩐단 말인가.

"쿠바는 어때요?"

세비야로 향하는 비행기 안에서 나는 그가 좋다고 이야기했던 쿠바를, 이집트를, 인도를 상상했다. 그 상상의 종착역은 모로코였다. 상상 속의 나는 세비야로 가는 비행기 티켓을 찢어버린 채 알리네 테라스에 앉아 사막을 바라보고 있었다. 모로코를 가슴에 담아두고 스페인을 맞이하기까지, 나는 조금 더 시간이 필요했다.

03.
사실
괜찮지 않아

스페인, 영국

제16화 Beautiful Romance

나에게도 그런 로망이 있었다.

마음에 드는 풍경이 나타나면 언제든 걸음을 멈춘다. 그리고는 옷이 더러워지는 건 신경조차 쓰지 않는다는 듯 땅바닥에 털썩 주저앉아 눈 앞에 펼쳐진 풍경을 작은 종이 안에 담아낸다. 마치 거리의 예술가라도 되는 것처럼.

누구나 하나쯤 가지고 있을, '여행 로망'이었다. 뭐, 그렇다고 "꼭 이 로망을 실현하겠어!" 같은 의지가 있었던 건 아니었다. 혼자 가지고 있던 작은 바람, 딱 그 정도였으니까. 그런데 여행을 떠나기 전 나누었던 친구와의 대화가 나의 로망에 불을 지폈다.

"여행 다니면서 고체 물감으로 그림 그렸는데 진짜 좋았어. 블레드 호수에서는 페트병으로 호수에 있는 물을 떠서 그 물을 그림 그릴 때 사용하기도 했었는데…."

블레드 호수의 물을 사용해서 그린 블레드 호수의 그림. 어딘가 낭만적인 이 말에 나는 혹하고 말았다. 고민 끝에 포르투에서 그림을 그릴 작은 수첩과 색연필을 샀고 여행 중 시간이 남을 때면 그림을 그리기 시작했다.

스페인의 낮은 길다. 바꿔 말하자면 일몰을 보려면 늦은 시간까지 죽치고 기다려야 한다는 뜻이다. 일몰 좀 보겠다고 전망대까지 왔건만. 오후 8시가 넘어가는데도 세비야의 해는 질 기미가 보이지 않았다. 결국, 나는 전망대의 가장 높은 곳에 앉아 그림을 그리며 시간을 보내기로 했다.

"아, 역시 마음에 안 들어. 이럴 줄 알았으면 한국에서 고체 물감 가져올걸. 색연필이 너무 별로야."

문제는 도통 그림이 마음에 들지 않았다는 거다. 삐뚤빼뚤한 선에 어딘가 밋밋한 색깔들. 장인은 도구를 탓하지 않는다지만 나는 장인이 아니기에 괜히 3유로짜리 값싼 색연필 탓을 했다. 오늘은 유독 그림을 그리는 게 별 재미가 없었다.
평소의 나는 그림 그리는 것을 즐겼다. 초등학교 때부터 심심하면 연습장에 그림을 끄적이곤 했던 나다. 대학교 때는 50호짜리 캔 버스에 8개월에 걸쳐 (도저히 끝날 것 같지 않던) 유화를 그리기도 했다. 몇 개월간 같은 그림을 붙잡고 있던 그때도 힘들다고 생각했지 재미없다고 느끼지는 않았는데…. 오늘은 왜 이러는 걸까?

"그냥 여기서 멈출까. 하지만 미완성인 채로 내버려 두고 싶진 않은걸? 완성은 해야겠고, 재미는 없고."

그깟 그림이 뭐라고. 몰려오는 상념에 머리가 아플 지경이었다. 그때였다. 어디선가 시선이 느껴졌다. 시선의 출처를 찾아 고개를 돌려보니 머리가 희끗희끗한 할머니 한 분이 말없이 내 그림을 들여다보고 있었다. 허공에서 두 쌍의 눈이 마주쳤다.

"Beautiful."

들릴 듯 말 듯 한 작은 목소리였다. 하지만 나에겐 그 어떤 소리보다 또렷이 전달됐다. 그의 짧은 찬사에 방금까지 심통 나 있던 마음이 갑자기 가벼워졌다. 좋아, 이거면 됐어. 그림이 좀 마음에 안 들면 뭐 어때. 내가 이걸로 상을 탈 거야, 대회를 나갈 거야?

나는 '완벽한 로망'을 이루고 싶었으나 내 그림은 완벽하지 않았다. 그게 문제였던 거다. 사하라의 듄을 오르며 중요한 것은 목적지가 아닌 그곳을 향해 가는 과정임을 깨달았으면서도 나는 같은 실수를 반복하고 있었다. 미술 전공자들도 본인의 그림에는 만족하지 못한다는데 땅바닥에 쭈그려 앉아 값싼 색연필로 그리는 그림이 완벽하길 꿈꿨으니 그 과정이 즐거울 리 없었다.

분명 내가 꿈꿨던 건 여행지에서 그려낸 완벽한 그림이 아니라 주변의 시선에 얽매이지 않고 언제든 좋아하는 일에 몰두할 수 있는 자유로운 모습이었을 터다. 그래, 완벽하지 않아도 괜찮았다.

내 손끝에서 탄생한 삐뚤빼뚤한 선들을 내려다보았다. 아까까지만 해도 별로라 생각했던 미완성의 그림이 썩 나쁘지 않게 느껴졌다. 완성하지 않아도, 이 모습 그대로도 괜찮겠다는 생각이 들었다. 나는 수첩을 덮었다. 고개를 들어 작은 수첩 밖의 세상을 봤다. 색연필을 쥐고 있느라 놓치고 있던 세비야의 노을이 눈앞에 있었다.

제17화 칵테일에 취하고, 파도에 취하고

여행의 기분을 느끼겠다며 해변에 있는 레스토랑에 무작정 들어와 테라스에 자리를 잡았다. 칵테일 한 잔을 주문한 뒤 테이블 위에 늘어져 주위를 바라봤다. 눈앞에 있는 나무를, 모래사장을, 바다를. 어느새 주변은 어두컴컴해져 있었다. 턱을 괴고 어둠에 잠긴 바다를 응시하는데 고작 칵테일 한 잔에 취하기라도 한 건지 괜히 기분이 좋아졌다.

도착하기 전에도 그런 느낌이 드는 곳이 있다. 이곳은 정말 내 취향일 것 같다거나, 이곳은 안 맞을 것 같다거나. 나는 대개 그런 느낌이 잘 맞는 편이었는데 말라가는 전자였다. 그래서 나는 줄곧 이 작은 도시에 오길 기다려왔다. 그리고 역시나, 말라가는 완벽히 내 취향이었다. 철썩거리는 파도 소리도, 불어오는 바람도, 내 목을 넘어가고 있는 칵테일 한 모금마저도.

이 모든 게 그저 알코올의 힘일지도 모르지만.

제18화 오, 마이 그라나다

"안돼. 오늘은 풀부킹이야."

단호한 거절에 숨이 턱 막혔다. 진정하고 상황을 정리해보자. 자정이 넘은 시간에 숙소를 옮길 수도 없고 다른 방은 예약이 꽉 찼다는데 무작정 방을 옮겨달라며 떼를 쓸 수도 없는 노릇이다. 그러니까 결론은 다시 그 방으로 돌아가야 한다는 거다. 절망적인 현실에 개비와 나의 눈동자가 격렬하게 흔들렸다.

우리가 '그것'을 발견한 건 불과 몇 시간 전의 일이었다.

야경을 보겠다고 전망대까지 다녀온 덕에 숙소에 도착했을 땐 온몸이 땀범벅이었다. 우리는 서둘러 샤워를 하기로 했다. 먼저 씻기로 한 나는 간단한 세면도구와 옷가지들을 챙겨 화장실로 향했다. 그리고 얼마 지나지 않아 개비의 다급한 목소리가 들려왔다.

"화장지 챙겨서 나와봐!"

무슨 일인가 싶어 허겁지겁 나와 보니 개비의 캐리어 위로 '그것'
이 기어가고 있었다. 엄지손톱만한 크기의 작은 벌레였다. 들고 온
화장지로 황급히 벌레를 잡았으나 왠지 모를 불안감이 엄습해왔다.
"설마…, 아니겠지." 우리는 떨리는 마음으로 구글에 한 단어를 검
색했다.

베드버그.

우리의 걱정은 현실이 됐다. 아무리 눈을 비벼봐도 벌레의 생김새는 구글에 뜨는 수백 장의 베드버그 사진과 놀랍도록 흡사했다. 밤이 되면 기어 나와 사람의 피를 빨아먹는다는, 모기에 물린 것보다 100배는 더 가렵다는, 끈질긴 생명력으로 많은 여행자를 공포에 떨게 한다는 그 베드버그 말이다.

순응은 빨랐다. 우리는 당장 호스텔 프론트에 적혀 있는 연락처로 메일을 보냈다(우리가 묵던 곳은 24시간 리셉션이 아니었다). 메일 제목은 'Argent: Bedbug'. 우리가 얼마나 똥줄이 탔는지 보여주는 제목이었다.

잠시 후, 초조한 마음으로 기다리던 우리 앞에 호스텔 보스가 각종 벌레퇴치 약을 든 채 나타났다. 그는 방을 쓱 둘러보더니 약 냄새가 빠질 때까지 밖에서 기다려야 한다며 웃어 보였다. 친절해 보이는 그의 모습에 우리는 안도의 한숨을 내쉬었다. 호스텔이 협조적이라 다행이라 여기며. 하지만 그건 섣부른 판단이었다.

"그런데 혹시 너희가 베드버그를 데려온 건 아니야?"
"뭐? 우린 오늘 체크인했어. 베드버그는 닫힌 캐리어 위에서 발견했고. 아무런 근거도 없이 사람을 의심하는 건 아니지 않아?"
"아니, 뭐. 그럴 수도 있다는 거지."

친절하다 여겼던 그는 우리에게 은근슬쩍 책임을 전가하고자 했다. 우리와 같은 방에 묵던 다른 여행자들에게는 그 어떤 의심도 하지 않으면서.

"우리 어떡해? 여기 계속 묵어?"

개비의 목소리가 나를 다시 현실로 끄집어냈다. 호스텔 보스는 "이제 베드버그는 더 없으니까 걱정할 필요 없어. 샅샅이 살펴봤는데 아무것도 안 나왔거든."하고 태평하게 말을 건넸다. 그런 그가 마냥 얄밉게 느껴졌지만, 별다른 선택지가 없었다. 우리는 베드버그가 나왔던 그 방에서 뜬눈으로 밤을 지새워야만 했다.

다음날, 우리의 아침은 분주했다. 옷가지 사이에 베드버그가 들어가진 않았는지 일일이 확인해야 했으며 숙소를 옮길 것인지도 결정을 내려야 했다. 고작 하루 잠을 청하는 데도 밤새 불안함에 몸을 떨었는데 어떻게 이곳에서 더 머문단 말인가.

그렇다고 당장 숙소를 옮기기는 힘들었다. 우리가 그라나다에 머물던 때가 하필 유럽의 연휴인 노동절 기간이었던지라 그라나다에 있는 숙소의 98%가 예약이 완료되어 있었던 거다. 베드버그는 더 없다는 호스텔 말을 믿어야 할지 계속 불안해할 바에야 호스텔을 옮겨야 할지 갈등이 일었다. 웃기게도 우리의 고민을 끝내준 건 호스텔 측이었다.

분명 흘러가는 말로 "우리 숙소를 옮길지 고민 중인데 보스에게 환불이 되는지 물어봐 줄 수 있니?"라고 했을 뿐인데 호스텔 스태프는 빨래를 맡기려고 내려온 우리의 눈앞에서 환불 처리가 끝난 영수증을 팔랑거렸다. 당황스러웠으나 마침 우리도 근처에 적당한 숙소를 발견한 터였다.

겉으로는 태연한 척했지만, 마음속으로는 환호를 내질렀다. 뭐, 어쨌든 모든 게 해결된 것 아닌가. 베드버그가 나왔던 방에서 더 머물지 않아도 된다니!

"새 숙소도 찾고 환불도 받아서 정말 다행이야!"
"그러게. 이제 더 마음 안 졸여도 되겠다."

이때까지 우리는 이 일을 하나의 해프닝 정도로 생각하며 환불받았다는 사실에, 더는 이곳에 머물지 않아도 된다는 사실에 마냥 기뻐했다. 그게 얼마나 안일한 생각이었는지, 앞으로 그라나다에서 어떤 일이 벌어질지 꿈에도 생각하지 못한 채….

제19화 시작된 악몽

"더는 물어보지 말고 어서 사라져!" 신경질적으로 한껏 치솟은 그의 눈썹이 이렇게 말하는 듯했다. 도무지 이해가 가지 않는 상황에 어안이 벙벙했다. 아무런 설명도 없이 "너희는 여기 머물 수 없어."라고 통보하는 건 대체 무슨 경우란 말인가. 우리는 망연자실한 눈으로 서로를 바라봤다. 무언가, 착오가 생긴 게 분명했다.

2018년 5월 1일. 노동절로 북적이는 그라나다의 한 숙소에서 우리는 그렇게 체크인을 거부당했다. 여권을 보여주자마자 갑자기.

그렇다고 이대로 물러설 수는 없었다. 우리는 호스텔 스태프의 눈앞에 예약 바우처를 들이밀었다.

"우리 부킹닷컴에서 예약도 했어. 여기 예약 바우처도 있고…."
"그럼 예약은 지금 취소해줄게."
"뭐?"

그러나 돌아온 건 밑도 끝도 없는 예약 취소였다. 우리가 예약은 제대로 되었다며 항의하자 그는 냉큼 우리의 예약을 취소하더니 '이제 됐지?' 하는 눈빛으로 우리를 바라봤다. 아니, 무슨 이유인지 설명도 안 해주고 예약부터 취소한다고? 사과도 없이? 어이가 없어 말문이 턱 막혔다.

화가 난 우리는 매니저를 불러 달라며 호스텔 로비에 서서 버티기 시작했다. 이유를 말해줄 때까지 떠나지 않겠다는 엄포와 함께. 얼마나 시간이 지났을까. 처음에는 무시로 일관하던 그도 우리가 도통 떠날 기미가 보이지 않자 마지못해 입을 열었다.

"너희 그전 숙소에서 문제가 있었지?"
"그게 무슨 소리야?"
"베드버그 말이야. 너희가 베드버그를 몰고 다닌다고 들었어. 사실 너희 여권 정보도 미리 알고 있었고."

그의 입에서 나온 이야기는 가히 충격적이었다. 베드버그가 나왔던 이전 호스텔 보스가 주변 호스텔들에 우리의 신상정보를 뿌리고 다닌 것이었다. 그것도 우리가 베드버그를 몰고 다닌다고 매우 악질적으로.

우리가 숙소를 옮길 거란 사실도, 본인의 행동에 우리가 노숙을 해야 하는 상황에 부닥칠지 모른다는 사실도 모두 알고 있었을 텐데…. 그의 행동이 좀처럼 이해가 가지 않았다. 우리가 본인이 한 짓을 알게 되리라곤 생각조차 못 한 게 틀림없었다.

우리는 핸드폰에 남아 있던 호스텔 보스의 메일 주소로 다급히 메일을 보냈다. 이 얼토당토않은 상황을 설명해 보라고, 왜 우리의 여권 정보를 멋대로 소문냈냐고. 나는 내심 보스가 쩔쩔매는 모습을 기대했는데, 최소한 사람이라면 본인의 행동에 양심이 찔리리라 판단했기 때문이었다. 하지만 보스에게서 온 답장은 적반하장 그 자체였다.

'너희 빨래에서 베드버그가 왕창 나왔어. 난 너희가 베드버그를 몰고 다닌다고 주변 호스텔에 알릴 의무가 있어.'

쩔쩔매기는커녕 되려 우리에게 화를 내는 그의 모습에 헛웃음이 나왔다. 빨래를 맡기기 전 옷을 하나하나 살펴보지 않았더라면 그의 거짓말에 속아 되레 미안함을 느꼈을지도 몰랐다. 그 정도로 거짓을 내뱉는 보스의 태도는 태연자약했다.

한참을 메일로 실랑이를 벌였으나 달라지는 것은 없었다. 보스가 저런 태도로 나오는 이상 새로운 숙소에서 '베드버그가 있을지도 모르는' 우리를 받아들여 줄 리 없었다. 이제 우리에게 남은 선택지는 하나였다. 숙소를 다시 구하는 것.

남은 숙소 자체도 몇 없는데 호스텔 보스가 우리의 신상정보를 뿌리고 다니기까지 했으니 숙소를 구하기 힘들게 불 보듯 뻔했다. 그렇다고 딱히 뾰족한 수가 있는 것도 아니었기에 나는 무작정 거리로 나와 눈에 보이는 숙소는 닥치는 대로 들어가고 봤다. 어두워지기 전에 숙소를 구하려면 한시가 급했다.

"오, 미안. 우리 호스텔은 모두 찼어."

"우리는 시트가 부족해서…. 조금 이따 다시 와볼래?"

아니나 다를까 도착하는 숙소마다 여러 이유로 거절이 이어졌다.
예약이 차서, 시트가 부족해서, 또 예약이 차서…. 노동절 당일에
숙소를 구하기란 하늘의 별 따기였다. 결국, 우리는 침대 시트가 없
다고 거절하는 걸 사정사정해서야 겨우 숙소를 구할 수 있었다.

숙소에 도착해 짐을 내려놓자 그동안의 피로가 몰려왔다. 오늘 하루 켜켜이 쌓여온 억울함도 함께. 계획대로 되지 않는 게 인생이라지만 이건 너무했다. 우리가 뭘 잘못 했다고 이런 일을 겪어야 하며 당장 내일 숙소는 또 어떻게 구한단 말인가. 망할 호스텔 보스. 호스텔의 낡은 침대 위에 걸터앉아 우리는 열심히 그라나다를, 호스텔 보스를 씹어댔다.

"나 다시는 스페인에 오지 않을 거야."

그리고 굳게 다짐했다. 다시는 스페인에 오지 않으리라. 그라나다는 더더욱. 이날, 그라나다는 프라하를 제치고 '내 마음속 최악의 도시' 자리를 꿰찼다.

앞으로 누군가 나에게 인생 최악의 도시를 묻는다면 단 1초의 망설임도 없이 이렇게 대답하리라.

"제 인생 최악의 도시요? 고민할 것도 없이 그라나다죠. 온갖 안 좋은 일들이 어떻게 하면 다 그곳에서만 일어나는지. 제 인생에서 다시 그라나다를 갈 일은 없을 거예요. 그라나다는, 절대요."

…스페인, 그라나다

제20화 끝나지 않는 거짓말

"너희의 여권 정보를 알고 있었어." 우연히 듣게 된 이 말은 내내 우리의 신경을 거슬렀다. 호스텔 보스가 여권 정보를 어디까지 뿌린 건지 알 수가 있나. 불안했던 우리는 대사관에 도움을 요청했고 늦은 밤까지 대사관의 연락을 오매불망 기다렸다. 내 생애 대사관과 통화를 해보는 날이 다 오다니. 그깟 베드버그 한 마리 때문에 일이 요지경이 되었다는 사실이 퍽 우습기도 했다.

기진맥진한 상태로 침대 위에 뻗어 있는데 개비의 핸드폰으로 전화가 걸려왔다. 그토록 기다리던 대사관이었다. 우리는 핸드폰 너머의 목소리에 온 정신을 집중했다.

"일단 두 분 정보가 인터넷에 돌아다니는 건 아닌 것 같아요. 주변 호스텔들에 일일이 전화를 돌려서 두 분 이름과 여권 정보를 알렸나 봐요."

다행히도 우리가 우려했던, 개인정보가 인터넷에 뿌려진 상황은 아니었다. 하지만 이건 이거대로 황당했다. 그 많은 호스텔에 하나하나 전화를 걸어 우리 정보를 알려줬다는 말 아닌가. 그것참 대단한 정성이다. 소름이 돋아 몸을 부르르 떠는데 대사관 직원분의 조심스러운 목소리가 들려왔다.

"저 그런데…, 의사소통 과정에서 오해가 있었던 건 아닐까요?"
"아니요. 저는 외국에서 살다 온 경험도 있고 오해가 생길 정도의 영어 실력은 아니에요."

개비의 말대로였다. 호스텔 보스의 막무가내인 태도가 문제였던 거지 의사소통에 어려움을 느끼진 않았으니까. 도대체 대사관에서 왜 그런 생각을 한 건지 의문이 들었다. 호스텔 보스가 무어라고 했길래?

그 두 명 빨래에서 베드버그가 왕창 나왔어요, 그들이 당장 빨래를 해놓으라며 우리를 모욕했어요, 소리치며 무례하게 굴었어요….

대사관 직원분은 우리의 기분이 상하진 않을까 염려하며 호스텔 보스가 한 말들을 그대로 전해주었다. 들어보니 보스의 말 몇 마디에 정중하게 빨래를 부탁한 우리는 빨래나 하라고 소리치며 그들을 모욕한 안하무인이 되어있었다.

오, 오해하지 말길. 맹세컨대 우리는 그들을 모욕적으로 대한 적도, 소리를 지른 적도 없다. 언제부터 "Could you do the laundry?"가 모욕적인 표현이 된 건지 알다가도 모를 일이다. 12년 넘게 한국식 영어를 배우며 정중하게 부탁할 때 쓰는 표현이라고 귀에 못이 박히도록 들어왔건만. 저게 모욕적인 표현이라면 전국의 모든 교과서를 뜯어고쳐야 할 것이다.

대사관과의 통화는 오해가 있을지도 모르니 우리가 보스를 직접 찾아가 보는 것으로 결론이 났다. 이대로 없었던 일로 치고 넘어가기엔 우리도 찝찝했기에 알겠다고 고개를 주억였다. 보스가 우리의 말을 제대로 들긴 할지 장담할 순 없지만.

날이 밝았다. 개비와 나는 이른 아침부터 우리에게 끔찍한 기억을 선물해 준 호스텔을 찾아갔다. 어떻게 논리적으로 말할지 밤새 머릿속으로 생각해둔 게 무색하게도 우리는 호스텔 문을 열자마자 크나큰 환대를 받을 수 있었다.

"Go out!!"

우리가 얼마나 반가웠으면 그렇게 큰 소리로 반기는지. 우리와 눈이 마주친 호스텔 보스가 꺼지라며 있는 힘껏 소리를 질러댄 것이었다. 차분한 어조로 싸우고 싶지 않다고 골백번 이야기해도 들어먹지를 않았다. 보스의 비명과도 같은 외침에 호스텔에 있던 여행자들이 무슨 일인지 궁금해하며 힐끔거리는 게 느껴졌다.

"우리는 단지 이야기를 하러 왔을 뿐이에요."
"Go Out!!"

누군 소리 못 지르는 줄 아나? 삐딱한 생각이 고개를 번쩍 치켜들었다. "혹시나 소리를 높이거나 했을 때 곤란해지는 건 두 분이니까 조심하시고요. 절대 싸우거나 소리지르지 마세요." 하지만 소리를 질러서 피해를 보는 건 우리일 게 뻔했다. 나는 어젯밤 들은 대사관의 조언을 떠올리며 마음속에 이는 충동을 쫓아냈다.

"지금 당장 나가지 않으면 경찰을 부를 거야! CCTV 보이지?"

우리가 나가지 않자 보스는 강수를 뒀다. 그는 경찰을 부르겠다며 어딘가로 전화를 걸기 시작했다. 한 손으로는 연신 CCTV를 가리키면서. "경찰서에 전화하는 건 아닌 것 같아." 개비가 나의 귀에 대고 작게 속삭였다. 한참이 지나도 수화기 저편에서 아무런 응답도 없는 걸 보면 그럴듯한 추측이었다. 본인도 경찰을 부르기엔 많이 찔렸겠지.

"그만 나가자."

허무한 결말일지도 모르지만 우리는 그의 가짜 협박에 못 이긴 척 호스텔을 나왔다. 경찰을 부르겠다는 협박까지 서슴지 않는 그의 모습을 보며 어떤 말도 통하지 않으리란 걸 깨달았기 때문이었다. 대화를 시도한다는 것 자체가 시간 낭비, 감정 낭비였다.

이런 취급을 받고 똑같이 화도 내지 못하다니…. 마음 깊은 곳에서부터 화가 스멀스멀 올라왔다. 건물 벽에 기대 감정을 추스르는데 갑자기 대사관으로부터 전화가 걸려왔다. 마치 우리가 어떤 상황인지 알고 있는 것처럼 완벽한 타이밍이었다.

"호스텔에서 무슨 일 있으셨어요? 방금 그 보스에게서 연락이 왔는데 두 분이 호스텔에 와서 소리지르며 난동을 피우고 갔다고…."

어쩐지 너무 완벽한 타이밍이다 싶었다. 방금 나눈 대화가 내 핸드폰에 버젓이 녹음되어 있는지도 모르고 거짓말이라니. 참 양심도 없지. 대단하다, 대단해!

　대사관과 마지막 통화를 하며 나는 후기라도 나쁘게 남기겠노라 복수심을 불태웠다. 그런데 퍼뜩, 예약했다가 환불받은 탓에 부킹닷 컴엔 후기도 못 남긴다는 것을 깨달았다. 마음대로 되는 게 하나 없었다. 젠장. 망할 그라나다 같으니라고.

제21화 스페인에서 중고 직거래?

　　악몽 같던 그라나다를 떠나 발렌시아로 향하는 야간 버스 안. 아무래도 아까 낮에 삔 발의 상태가 심상치 않았다. 불편한 자세로 계속 앉아있어 그런지 삐었던 발이 퉁퉁 붓기 시작했다. 버스에서 내릴 때쯤엔 부어오른 발 때문에 운동화가 꽉 낄 정도였다.

"병원 가보는 게 낫지 않아?"

　　연신 발을 걱정하는 내게 개비는 자신이라면 병원에 갔을 것이라 조언했다. 하긴 아직 한 달도 더 남은 여행을 생각하면 병원에 가보는 게 나을 것이다. 별수 있나. 타지에서 아프면 병원에 가야지. 그렇게 발렌시아에 도착한 첫날, 나는 숙소에 짐을 풀자마자 병원 응급실로 향했고 몇 시간 뒤 숙소로 돌아온 내 발에는 붕대가 칭칭 감겨 있었다.

고백하자면 이때까지 나는 퍽 낙관적이었는데 이 정도 삤다고 얼마나 오래가겠냐는 생각 때문이었다. 며칠 쉬면 괜찮아질 것이라 가볍게 여기며 침대 위에서 보내는 시간을 만끽했다. 하지만 발렌시아에서 푹 쉬면 괜찮아질 것으로 생각했던 내 발은 바르셀로나에 도착할 때까지도 여전히 그 상태였다.

"나 바르셀로나는 마음에 들어." 스페인에 그렇게 학을 뗐던 개비가 만족스러워할 정도로 바르셀로나 곳곳을 돌아다니는 동안 내가 한 일이라고는 침대에 누워 밀린 드라마를 보는 것뿐이었다. 다친 발 때문에 숙소에 틀어박혀 있는 내 모습이 안쓰러웠는지 하루는 호스텔 스태프가 다가와 말을 걸었다.

"어때? 발은 좀 괜찮아?"
"보다시피 거의 온종일 숙소에서 쉬고 있어."
"음, 목발이라도 하나 장만해야 하는 거 아니야?"

그러게, 목발이나 살 걸 그랬나 봐! 나는 그의 말에 깔깔대며 맞장구쳤다. 그러자 그는 갑자기 무언갈 검색하더니 내 쪽으로 핸드폰을 내밀었다. 그의 핸드폰 화면에는 중고거래 사이트에 올라온 수많은 목발 사진이 가득했다. 목발이라도 하나 사라는 그 말이 농담이 아니라 진담이었나 보다.

"어…. 한번 생각해 볼게."
"혹시 살 생각 있으면 나한테 말해줘. 도와줄게."

"응, 알았어."

스쳐 지나가듯 본 목발의 가격이 배낭여행자인 나에게는 사악하기 그지없었기에 나는 에둘러 거절의 말을 내뱉었다. 목발이 있다면야 편하기야 하겠지만 덜컥 살만한 가격은 아니었다. 나는 방으로 돌아와 폭풍검색을 시작했다.

Spain used item. 구글에 검색어를 입력하자 수많은 중고거래 사이트가 떴다. 그중 마음에 드는 사이트에 접속해 근처에서 거래되고 있는 목발들을 살폈다. 거의 새것과 다름없는 목발들이 수두룩했다. 가격은 대부분이 30유로 이상. 무미건조한 얼굴로 화면을 휙휙 내리는데 하나의 글이 내 시선을 끌었다.

다른 목발들과는 달리 세월의 흔적이 느껴지는, 군데군데 녹이 슨 검은색 목발이었다. 가격은 단돈 10유로. 맙소사, 10유로라니. 이거다. 내가 원하던 목발! 어차피 유럽에 버리고 갈 목발인데 굳이 좋은 걸 살 필요는 없잖는가. 혹여나 글이 사라지기라도 할세라 나는 핸드폰을 꼭 쥔 채 단숨에 호스텔 로비로 내려갔다. 그리고는 잔뜩 신이 나 외쳤다.

"나 목발 사려고!"

호스텔 스태프는 좋은 선택이라며 엄지손가락을 치켜들었다. 도움이 필요하면 기꺼이 시간을 내어주겠다는 약속과 함께. 그날 밤, 나는 곧 목발이 생긴다는 설렘에 아주 조금 잠을 설쳤다.

거래 장소는 호스텔에서 10분가량 떨어져 있는 어느 가정집이었다. 노란색 건물 앞에 멈춰서 초인종을 누르자 굳게 닫혀있던 문이 열렸다. 그 사이로 할머니 한 분이 고개를 빼꼼 내밀었다.

"올라!"

그는 밝게 인사하는 내게 사진으로만 봤던 검은색 목발을 보여주었다. 군데군데 녹이 슬었지만 사용하는 데는 큰 문제가 없어 보였다. 좋아, 거래성립이다. 나는 가방에서 빳빳한 10유로짜리 지폐 한장을 꺼내 그에게 건넸다. 돈을 받아든 그는 이제 되었다는 듯 고개를 끄덕였다. 쿨거래였다.

한국에서도 안 해본 중고 직거래를 스페인에서 처음 해볼 줄이야. 숙소로 돌아와 녹이 슨 목발을 보고 있자니 웃음이 피식 새어 나왔다. 사실 이거 정말 어이없는 상황 아니야? 세상에 누가 여행 와서 중고 직거래를 하고 있느냔 말이다. 그것도 목발을.

그러니 이날 산 목발이 나의 스페인 여행 무용담이 된 건 지극히 자연스러운 일이었다. 스페인에서 중고 직거래로 목발을 샀다는 여행자 이야기는 아직 못 들어 봤거든. 발을 다쳤다는 게 그다지 자랑거리는 아니지만, 덕분에 바르셀로나를 제대로 못 돌아다녀 이야깃거리라고는 이것뿐인데 어쩌겠는가.

그래서 발이 다 나은 지금까지도 나는 종종 스페인 여행 이야기를 할 때면 이런 질문을 던지곤 한다.

"너 스페인에서 중고 직거래해봤어?"

　스페인에서 산 목발은 이후 나와 함께 바다를 건너 런던의 한 병
원에 버려졌다. 녹이 슨 목발을 본 의사 선생님이 이 10년도 더 되
어 보이는 목발은 대체 어디서 구한 거냐며 새 목발을 쥐여줬기 때
문이었다.

제22화 사그라다 파밀리아는 달라요

한 여행 프로그램에서 자그레브의 성당에 앉아 눈물짓는 어느 배우의 모습을 본 적이 있다. 그들이 어느 곳을 갔었는지조차 이제는 잘 기억나지 않지만, 성당 한편에 앉아 이유 모를 눈물을 흘리던 그의 모습만큼은 또렷이 기억난다. 그때의 난 천주교 신자도 뭣도 아니면서 '나도 언젠가 저런 감정을 느껴볼 수 있을까?' 하는 생각을 아주 잠깐 했다.

성당을 빼놓고 유럽여행을 논할 수 있을까 싶을 정도로 유럽에는 어딜 가든 성당이 하나쯤은 꼭 있다. 첫 유럽여행에선 멋모르고 웬 이름 모를 성당까지 빼먹지 않고 찾아갔으나 어느 순간부터 성당으로 향하는 발걸음이 점점 줄어들기 시작했다. 어딜 가나 비슷한 성당들에 더는 감흥을 느끼지 못하게 된 것이었다. "정 갈 곳 없으면 한번 가보고, 아니면 말고." 딱 이 정도가 나에게 성당이 차지하는 위치였다.

사그라다 파밀리아. 바르셀로나 한복판에 있는 이 성당은 천재 건축가라 불리는 가우디 특유의 독특한 설계로 아직 완공되지 않았음에도 전 세계적으로 유명했다. 바르셀로나에 간다고 했을 때 가장 많이 들은 말이 바로 이 사그라다 파밀리아에 대한 것이었는데,

"사그라다 파밀리아는 달라요."

자기도 성당엔 큰 관심 없다고 이야기하던 친구들도 사그라다 파밀리아는 다르다고 입을 모아 말하곤 했다. 가우디가 괜히 천재인 게 아니라나 뭐라나. 하도 찬양에 가까운 후기들을 듣다 보니 성당에 대해 저자세를 취하던 나도 어느샌가 마음속에 기대를 한가득 품게 됐다.

한편으로는 걱정도 됐다. 평소 관심도 없던 성당, 그런데도 가지게 된 기대감, 커진 기대감만큼 느끼게 될지도 모르는 실망감에 대한 걱정 말이다. 성당의 외형을 본 내 감상이 "뭐, 독특하고 멋지긴 하네." 정도가 전부였기에 더욱 그랬다. 하지만 성당의 내부로 들어선 순간, 난 이 모든 걱정이 쓸데없는 헛짓거리였음을 단박에 알아차렸다.

어떤 성당에서도 보지 못한 광경이었다.

성당 내부를 떠받치고 있는 기둥들이 여러 갈래로 나뉘는 모습과 독특한 천장의 모양새는 마치 나무를 연상케 했으며 천장에서 내려

오는 빛은 나무 틈새 사이로 비치는 햇살을 절로 떠올리게 했다. 창문을 빼곡하게 메운 스테인드글라스를 통해서는 형형색색의 빛이 들어와 성당 내부를 휘감았다. 인공광이 아닌 오직 자연광만으로 이루어진 아름다운 빛의 향연이었다. 자연광이, 햇빛이 이렇게까지 아름다워질 수 있다니…. 울창한 숲속에 우두커니 서서 신비롭게 내리쬐는 햇살을 멍하니 바라보고 있는, 판타지 소설 속 등장인물이라도 된 것 같았다. 왜 그토록 많은 이들이 사그라다 파밀리아는 다르다고 입을 모아 말했는지 이해가 갔다.

스페인(특히 그라나다)에서 많은 일을 겪으며 개비와 우스갯소리로 스페인에 다시는 오지 말자고 다짐한 적이 있었다. 그라나다에 정이 떨어질 대로 떨어진 우리는 스페인도, 유럽도 한동안 올 일이 없으리라 여겼다. 그러나 이날 마주한 경이로운 성당의 모습에 우리는 적어도 사그라다 파밀리아가 완공되는 날에는 스페인에 다시 와야겠다고 생각했다.

정말로, 사그라다 파밀리아는 달랐다.

제23화 사실 괜찮지 않아

　　뒤늦게 후회한들 무엇이 달라지리. 숙소를 나서며 내가 한가지 간과한 것이 있다면 배낭을 멘 채로 목발을 짚는 건 결코 만만히 볼 일이 아니라는 것이었다. 메트로와 공항을 연결하는 이 짧은 육교가 이다지도 길게 느껴질 줄 알았다면 망설임 없이 택시를 탔을 것이다. 그깟 50유로가 뭐라고.

　　그만큼이나 내 상태는 별로였다. 앞뒤로 족히 15kg은 메고 있으니 목발을 짚으며 내딛는 한 걸음, 한 걸음이 딱 그 15kg의 무게만큼 더 무겁게 느껴졌다. 그뿐이랴. 요 며칠간 목발을 짚고 다닌 탓에 양손은 이미 물집투성이였다. 어쩌면 개비를 따라 한국으로 돌아갔어야 했는지도 모른다.

　　불행 중 다행이라면 발의 상태가 심상치 않아 스페셜 어시스턴스 (이동이 불편한 사람들의 탑승 수속 및 비행기 탑승을 도와주는 서비스)를 신청해두었다는 점이었다. 적어도 공항에 도착하면 지금처럼 뻘뻘

대며 돌아다니지는 않아도 됐다. 조금만, 조금만 더 버티면… 그리고 마침내 저 멀리 라이언 에어 카운터가 보였을 때 나는 조용히 환호를 내질렀다.

그런데 문제는 예상치 못한 곳에서 발생했다. 무슨 일이라도 생긴 걸까? 아무리 기다려도 나를 도와줄 스페셜 어시스턴트가 오지 않았다. 보딩타임까지 남은 시간은 고작 30분. 출국 심사대도 통과하지 못한 나는 애꿎은 손톱만 물어뜯었다.

라이언 에어의 악명은 익히 들어 알고 있었다. 다만 이 정도일 줄은 몰랐다. 장소를 잘못 알려주어 엉뚱한 곳으로 가게 하질 않나, 5분만 기다리면 된다더니 두 시간을 기다리게 하질 않나. 하다못해 걱정하지 말라고 안심이라도 시켜주었다면 이렇게 초조하진 않았을 거다. 5분만 기다리라는 말만 벌써 몇 번째지. 도통 신뢰가 가지 않았다.

'일 처리가 이 모양인데 라이언 에어만 믿고 기다리다가 비행기를 놓치기라도 하면 어떡하지? 그러면 나만 고생할 텐데…. 다시는 아까와 같은 고생은 하고 싶지 않단 말이야. 그 배낭을 메고 목발을 짚으며 걸어 다니는 건 이제 사양이야.'

나중에 놓치고 후회할 바에야 끈질기게 물어보는 게 내 성미에 맞았다. '설마'하는 마음으로 기다렸다가 비행기라도 놓치면 누가 책임져준단 말인가. 나는 고민 끝에 비교적 한가해 보이는 직원에게 말을 걸었다.

"나 스페셜 어시스턴트를 신청했는데 두 시간을 기다려도 아무도 안 와. 한 번만 확인해줄 수 있어?"

"5분 안에 올 거야. 앉아서 기다려."

"그 말을 지금 두 시간 전부터 듣고 있어. 한 번만 확인해줘."

"기다리라고 했잖아!"

얼마나 기다려야 하냐고 끈질기게 물어오는 내가 귀찮았던 걸까. 그는 버럭 소리를 질렀다. 그의 표정에서는 나를 향한 귀찮음과 짜증이 한가득 묻어 나왔는데 얼핏 보면 화가 난 것 같기도 했다. 아니, 도대체 나에게 화를 낼 이유가 어디에 있단 말인가.

이어진 건 명백한 무시였다. 다시 물어보아도, 계속 카운터 앞에 서 있어도, 다른 직원들이 눈치를 보는 게 느껴짐에도 아랑곳하지 않고 이어지는 무시. 심장이 쿵 하고 내려앉았다. 그동안 쌓아둔 서러움이 물밀 듯이 몰려왔다. 내가 왜 이런 무시를 받아야 해? 내가 무얼 그리 잘못했어?

여행은 항상 행복할 수는 없다. 이미 알고 있던 사실임에도 나는 이번 여행에서 유독 행복에 집착했다. 나는 나도 모르는 사이 직장인이 되기 전 마지막으로 떠나온 이 여행이 완벽하기를 꿈꾸고 있었다. 하지만 그라나다에서 발을 다쳤고 내 여행은 어그러졌다.

"다치지 않았더라면 좋았겠지만 그래도 괜찮아. 나는 여전히 즐겁고 행복해. 감사한 사람들도, 감사한 상황들도 정말 많아."

　'다치지 않았더라면 좋았겠지만' 부정적인 감정의 자리는 딱 여기까지. 나는 선을 그어놓고 그 선까지만 힘들어하기로 했다. 무서웠다. 내 감정을 여과 없이 내버리면 여행이고 뭐고 다 포기하고 한국으로 돌아가고 싶어질까 봐. 그러면 기껏 마음먹고 떠나온 여행의 끝이 너무 허무하지 않나. 나는 불행해 보이지 않게, 내 여행은 그럼에도 불구하고 행복해 보이게 나를 눌러 담았다.

　그렇게 눌러둔 감정은 라이언 에어 직원의 냉정한 태도에 끝내 터져버리고 말았다. 바르셀로나 공항 한복판에서 나는 눈물을 멈추는 법을 모르는 사람처럼 엉엉 울었다. 이토록 큰 소리로 울어본 게 얼마 만인지. 나는 내 안에 묵혀왔던 모든 걸 토해냈다.

나에게 필요했던 건 괜찮지 않다는 걸 마주할 용기였다. 괜찮은 척, 괜찮지 않은 마음을 붙들고 있어봤자 좀먹는 건 나 자신이었음을 너무 늦게 깨달았다. 여행도, 인생도 해피엔딩으로 끝나고 마는 동화가 아니었다. 항상 행복한 여행도, 항상 행복한 인생도 없다. 그러니 괜찮지 않아도 괜찮았다.

　가면을 벗은 마음이 외쳤다. 사실은 발을 다쳤던 그 날을 두고두고 후회한다고, 매일 밤 잠들기 전 그때 그 순간으로 돌아가 땅을 제대로 보지 않고 걷던 나를 원망한다고, 너무 힘들어 한국으로 돌아가고 싶다고. 나는 사실, 하나도 안 괜찮다고.

제24화 단단해지는 것에 의연해지는 것

런던에 도착한 날은 폭우 같은 비가 내렸다. 공항에서 버스를 탈 때까지만 해도 다소 흐리기만 하던 날씨는 런던 시내로 들어갈수록 굵은 빗줄기를 더해갔다. 버스에서 내릴 때쯤엔 장대비가 그칠 줄 모르고 쏟아지고 있었고 한동안 느껴보지 못했던 강한 비 내음이 주변을 맴돌았다.

우중충한 날씨에 기분이 가라앉을 법도 한데 이상하게도 마음은 가벼웠다. 스페인에서 한차례 펑펑 울고 왔기 때문인지, 지긋지긋한 스페인을 드디어 벗어났다는 기쁨 때문인지 혹은 내가 사랑하는 런던에 도착했기 때문인지, 이유는 알 수 없지만 내 마음은 몇 년 전 런던에 처음 도착한 그 날 느낀 설렘으로 가득 찼다.

그러나 나는 런던에 도착한 후로도 한동안 침대 신세를 져야만 했다. 기분 좋은 두근거림으로 가득했던 마음과는 다르게 몸은 엉망이었다. 이번에도 그놈의 발이 문제였다.

더딘 회복 속도에 내 신경은 한껏 곤두서있었다. 응급실에서 걱정하지 말라는 이야기를 들었음에도 안심이 되지 않았다. 영국 의료시스템이 얼마나 엉망인지 숱하게 들어왔기 때문이었다. 간호학과를 나온 친구에게 조언을 얻어 소염제를 사 먹고 물리치료도 받았으나 발의 상태는 좀처럼 호전되지 않았다. 이제 결단을 내려야 했다. 여행을 계속할지, 포기할지.

현실적으로는 여행을 포기하고 돌아가는 게 맞았다. 이 발로 얼마나 제대로 여행을 즐기겠는가. 하지만 이대로 한국으로 돌아가면 두고두고 후회할 내 모습이 눈에 훤했다. 얇고 길게 후회할 바에야 짧고 굵게 후회하는 게 나았다. 나는 돌아가지 않기로 했다.

기껏 버틸 수 있는 만큼 버텨보기로 결정을 내렸지만, 마음대로 돌아다니지도 못하고 침대 위에 누워만 있다 보니 한없이 우울해졌다. 내 선택에 대한 확신도 희미해져만 갔다. 부정적인 생각이 들 때면 나는 친구들에게 전화를 걸어 끊임없이 내 선택을 합리화했다. 그런 나를 보며 친구, 롱쟝은 이렇게 말했다.

"At least, now you know how to solve the problem."

너는 이젠 문제를 해결할 방법을 알아. 맞다. 지금까지도 항상 그래왔지 않은가. 나는 길 위에서 수많은 문제를 만나왔고 그때마다 어떻게든 해결해왔다. 혼자 떠나온 길에서 결국 믿을 사람은 나뿐이었기에. 그렇게 나는 점점 단단해졌다. 마음에도 어느샌가 굳은살이 생겨 나는 전보다 조금 덜 상처받고, 조금 덜 아프게 됐다.

하지만 굳은살이 조금 생겼다고 해서, 단단해진다고 해서 그 순간들이 아무렇지도 않은 건 아니었다. 나는 여전히 예상치 못한 상황에 부딪힐 때면 짜증 나고, 힘들고, 때로는 상처를 받기도 한다.

아마도 이건 굳은살이 생기는 과정일지도 모른다. 롱쟝의 말처럼 나는 이 일을 통해 한층 성장할 수도, 더 단단해질 수도 있겠지. 다만 이런 게 단단해지는 과정이라면 최대한 피하고 싶은 게 내 솔직한 심정이다. 굳은살을 만들기 위해 아파야만 한다면 나는 아프고 싶지 않다.

단단해지는 것에 의연해지고 싶지 않다.

제25화 내가 당신의 나이를 몰랐더라면

　　20대 초반, 누군가와 처음 만날 때면 나는 늘 "나이가 어떻게 되세요?"하고 물어보곤 했다. 내가 물어보지 않을 때면 상대가 먼저 물어왔고 나는 그렇게 누군가와 처음 만나는 자리에선 호칭을 정리해야 마음이 편했다.

　하지만 교환학생을 다녀오고 여행을 자주 다니기 시작한 뒤로는 나이를 물어보는 일이 어색해지기 시작했다. 반말, 존댓말 구분 없는 영어를 사용하다 보니 호칭을 정리할 일도, 나이를 물어볼 일도 없었다. 실제로 나는 아직도 교환학생을 하며 만났던 베로니카의 나이도, 마르코의 나이도 잘 모른다. 이렇듯 나이를 밝히지 않다 보니 여행을 하면서는 그 누구와도 친구가 될 수 있었다.

　롱쟝은 내가 런던에서 처음으로 사귄 친구였다. 같은 숙소에 묵어 오며 가며 인사만 하던 사이였던 우리는 우연히 동 시간대의 뮤지컬을 예약해 함께 보러 간 날을 기점으로 급속도로 친해졌다. 밤이 되면 우리는 좁디좁은 주방에 붙어 앉아 신나게 수다를 떨었다. 하루는 그가 갑자기 자신의 딸 이야기를 꺼냈다.

"아, 딸이 있었어? 딸은 몇 살이야?"
"너랑 비슷할 거야."

알고 보니 롱쟝에게는 나와 비슷한 나이의 딸이 있었다. 놀라지 않았다면 거짓말이다. 하지만 그 사실을 안 이후로도 딱히 달라지는 것은 없었다. 나와 롱쟝은 여전히 친구 사이였고 나는 아직도 그의 나이는 잘 모른다.

한국에 돌아온 뒤로 나에겐 종종 아쉬움에 잠기게 되는 순간들이 있었다. 내가 당신의 나이를 몰랐더라면, 당신이 나의 나이를 몰랐더라면 우리는 조금 더 친해질 수 있지 않았을까 하는 그런 아쉬움. 내가 누군가를 존대하는 것에, 누군가 나를 존대하는 것에 큰 불만이 있는 건 아니지만 아쉬운 건 어쩔 수 없다. 아무리 막역한 사이라고 할지라도 언니, 누나라는 호칭과 존대 자체에 담겨있는 위계는 분명히 있으니까.

혹시 나와 비슷한 생각을 하는 이가 있다면 언제든 편하게 이름을 불러 달라고 SNS에 올려보기도 했으나 아무래도 언니, 누나라고 불러오다가 이름을 부르기는 조금 어렵나 보다.

우리, 나이를 뛰어넘어 친해질 수는 없을까요?

제26화 해리포터 덕후의 런던 여행법

어렸을 적 나는 조용하고 내성적인 편이었다. 지금의 나를 아는 사람이라면 무슨 말도 안 되는 소리냐며 코웃음을 칠지도 모르지만, 그 시절의 나는 낯가림이 정말 심했다. 우연히 엄마에게 재잘거리는 내 모습을 본 선생님께서 "평소에도 이렇게 말 좀 많이 해봐!"라고 말씀하셨을 정도로.

학교가 끝나면 몇 없는 친구들은 대부분 학원으로 향했다. 집에 컴퓨터도, 핸드폰도 없던 때였기에 혼자 남은 내가 책에 눈을 돌리게 된 건 자연스러운 일이었다. 나는 엄마가 퇴근할 때까지 동네에 있는 도서관에 틀어박혀 시간을 보냈다.

나는 특히 판타지 소설을 좋아했다. 그리고 그중에서 단연 제일은 해리포터 시리즈였다. 남는 게 시간이었던 나는 다음 시리즈가 나올 때까지 몇십 번이고 같은 내용을 읽고 또 읽었다. 나는 매일같이 해리와 함께 울고 웃었고 해리가 자라는 만큼 나도 자랐다.

그러니 나에게 해리포터는 단순한 책 속 등장인물이 아닌, 인생의 절반을 함께 한 친구나 다름없었다. 언젠간 호그와트 입학통지서를 받게 되리라 잔뜩 기대하던 어린아이는 그렇게 어엿한 한 명의 해리포터 덕후로 자라났다.

해리포터의 본고장인 런던은 해덕(해리포터 덕후의 줄임말)에게는 성지나 다름없는 곳이다. 내가 처음으로 런던을 방문했던 건 2017년 겨울, '해리포터와 저주받은 아이' 연극을 보기 위해서였다. 당시 나는 호그와트 교복을 바리바리 챙겨 와 해리포터와 관련된 곳을 갈 때면 꼭 입고 다녔다. 넥타이부터 망토, 지팡이, 목도리까지 풀세트로. 그렇게 차려입고 나갈 때면 여기저기서 수군거림이 느껴졌다. "저길 봐, 그리핀도르야!"

이토록 열정적이었던 과거를 보면 모두가 눈치챌 수밖에 없을 터다. 내가 런던에서 한 달을 살아보기로 한 이유의 8할은 해리포터에 있음을. 일주일간의 런던 여행이 못내 아쉬웠던 나는 이번엔 꼬박 한 달을 런던에 머물기로 했다.

런던에서 머무는 동안 나는 머글 세계를 구경하러 나온 마법사인 척 괜한 상상의 나래를 펼치며 걸어 다니곤 했다. 하루는 빨간 전화부스에 냉큼 들어가 '62442(해리포터에 나오는 마법부에 들어가기 위한 비밀번호)'를 눌러봤다. 당연한 이야기겠지만, 마법부로 가는 입구는 열리지 않았고 나는 조금 실망했다. 그나마 위안이 되는 사실은 이런 시도를 해본 사람이 나뿐만이 아니라는 점이었다.

이번에 글을 쓰며 구글맵에 'Ministry of Magic'을 검색해보았는데 웬걸. 웨스트민스터 역 근처의 빨간 전화부스가 화면에 뜨는 게 아닌가. 그리고 나는 어렵지 않게 머글인지, 마법사인지 모를 사람들이 남긴 리뷰를 발견할 수 있었다. 어딘가 마법 세계는 존재한다고 믿는 나에게는 퍽 희망적인 내용이었다.

비밀번호가 변경되었다고 생각하십시오. 62442가 더는 작동하지 않습니다.

제27화 네가 런던을 즐기길 바라

런던에서 받는 마지막 물리치료 날이었다. 사실 마지막이라고 해봤자 비싼 비용 덕에 고작 두 번째 방문이긴 했지만. 그래도 만난 횟수에 비하면 나는 물리치료사와 꽤 많이 친해진 상태였다. 그에게 직접 수기치료를 받으며 30분 내내 수다를 떤 덕분이었다.

마지막 치료는 몇 가지 발목 강화 운동을 추가로 배운 뒤에야 끝이 났다. 발 상태가 많이 호전되었으니 아마 정말로 오늘이 마지막이리라. 나는 점심으로는 무얼 먹을까 따위의 쓸데없는 생각을 하며 의자 위에 올려뒀던 짐을 주섬주섬 챙겼다. 그러다 나를 담당했던 물리치료사와 눈이 마주쳤다.

"혹시라도 발목에 또 문제가 생긴다면 언제든 편하게 연락해 줘. 하지만 네가 나에게 연락할 일은 없길 바랄게."

"고마워."

그는 진심으로 나를 걱정하고 있었다. 머나먼 타지에서 이런 진짜 걱정을 듣게 될 줄은 정말 몰랐다. 나는 어쩐지 쑥스러워져 작게 고맙다고 인사한 뒤 치료실을 나왔다. 덜 닫힌 문틈 사이로 그의 마지막 인사가 새어 나왔다.

"이제는 네가 런던을 즐기길 바라."

그렇게 시간은 흘러 여행의 마침표를 찍는 날이 다가왔다.

77일간의 여행의 종지부는 지극히 평범했다. 마지막 날이라고 특별한 걸 하고 특별한 곳에 가고 싶지는 않았다. 한국에 돌아가서 내가 그리워하게 될 순간들은 일상이 되어버린 아주 사소한 순간들일 테니까. 나는 여느 때처럼 단골 카페에 가서 책을 읽었고 런던 아이가 보이는 템즈강 주변의 벤치에 앉아 노래를 들었다. 나에게 작별인사라도 하듯 그날, 런던의 하늘은 온통 핑크빛이었다.

04.
오늘 하루도
찬란하기를

한국, 인도

제28화 카우치 서핑을 하는 이유

　자취를 시작한 뒤로 카우치 서핑(현지인은 여행자를 위해 잠잘 곳을 제공하고 여행자들은 그곳에 머무는 문화교류) 호스트가 되어보는 것은 내 버킷리스트 중 하나였다. 비록 5평 남짓의 작은 방이지만 이 방이 누군가에겐 그 무엇과도 바꿀 수 없는 추억이 될 수도 있음을 나는 알았다. 나는 한동안 의욕에 넘쳐 한국에 오는 여행자들에게 수없이 많은 오퍼를 보냈다. 하지만 서울과 멀고 교통이 안 좋은 내 자취방에 오려고 하는 여행자는 없었다.

　그로부터 1년 뒤, 나는 오랜만에 카우치 서핑 사이트에 접속했다. 호스트가 되는 건 반쯤 포기한 상태였기에 별 기대는 없었다. 만나서 이야기라도 나눌 여행자는 없는지 검색하는데 한 소개 글이 눈에 띄었다. 러시아에서 온 크리스티나였다.

　인천에서부터 부산까지 오직 두 발로 여행해보겠다는 다소 무모해 보이는 내용, 거기에 마침 근처에 있는 도시들의 호스트를 구한다는 이야기. 이건 운명이었다. 어쩌면 이번엔 누군가의 호스트가 될 수도 있으리라. 나는 당장 크리스티나에게 메세지를 보냈고, 다음날 크리스티나로부터 연락이 왔다.

'안녕, 크리스티나. 두 발로 한국을 여행하겠다는 너의 이야기를 참 재미있게 봤어. 나는 마침 네가 호스트를 구하려는 도시들 근처에 살고 있어. 혹시 아직 호스트를 구하지 못했다면 우리 집에 오지 않을래? 우리 집 주소는…'
'안녕! 나는 크리스티나야. 잘 지내니? 여기가 너희 집 맞지? 내 생각엔 13시간만 더 걸어가면 될 것 같아.'

카우치 서핑을 하며 항상 궁금했었다. 왜 이들은 별 재미도 없는 내 이야기를 들으며 여행하는 기분이라며 즐거워하는지, 왜 처음 만난 여행자일 뿐인 내게 이리도 친절한지. 그리고 그 의문은 크리스티나가 우리 집에 도착하고 30분도 되지 않아 풀렸다.

"친구와 여행을 하던 중이었는데 하루는 카우치 서핑 호스트가 갑자기 오퍼를 취소한 거야. 그래서 우리가 어떻게 했는지 알아?"
"어떻게 했는데?"
"마침 산이 보이길래 친구와 저기서 자면 되겠다고 이야기했지. 그래서 산 정상에 올라서 거기에서 텐트 치고 잤어. 다음날 일어났는데 다행히 무사하더라고!"
"뭐? 숙소가 없다고 산에서 잤단 말이야?"

우리는 참으로 많은 대화를 나눴다. 여행에 대해, 언어에 대해, 인생에 대해…. 나는 어느샌가 크리스티나의 이야기에 흠뻑 빠져들어 온 신경을 그의 한마디, 한마디에 집중했다. 그동안 카우치 서핑을 하며 만난 친구들의 마음을 비로소 이해할 수 있었다. 반복되는 일상 속 만난 누군가의 삶은 그 자체로 하나의 이야기였으며 또 다른 여행이었다.

Happy Birthday!
I wish you an amazing adventure~♡

- Cristina

제29화 반짝이는 눈동자에 담긴 것은,

"바라나시 가트 위에서 보는 일몰이 참 예뻐요."

모로코에서 우연히 만난 한 여행자가 남긴 말은 어느 순간 내 가슴에 와서 콕 박혔다. 그때의 난 바라나시가 어디에 있는지도 가트가 무엇인지도 몰랐지만, 그의 말을 들으며 인도에 가보고 싶다고 생각했다. 아마도 그 말을 내뱉는, 기억 속 어딘가에 남아 있는 바라나시의 일몰을 회상하는 듯한 그의 눈동자가 끝없이 반짝였기 때문일 거다.

한국에 돌아온 이후에도 나는 궁금증을 떨칠 수 없었다. 과연 인도의 무엇이 그가 그토록 행복한 목소리로 인도를 회상하게 한 걸까. 그의 기억 속에 인도는 대체 어떤 색깔일까. 상상 속의 나는 어느새 바라나시의 가트 위에 앉아 갠지스강의 일몰을 바라보고 있었다. 형용할 수 없는 감정이 가슴을 가득 메웠다.

나는 내 눈으로 직접 인도를 마주해야겠다고 생각했다.

제30화 미세먼지 300의 위엄

여행하기 힘들기로 유명한 인도임에도 이번에는 어쩐지 그리 겁이 나거나 무섭지 않았다. 주변에서는 혼자 인도에 간다는 내 말에 화들짝 놀라곤 했으나 오히려 나는 담담했다. 잔뜩 겁을 먹은 채 도착했던 모로코에서 넘치는 따뜻함을 받고 돌아왔기 때문일까. 인도도 결국 사람 사는 곳이리라는 예감이 들었다.

오히려 내가 걱정했던 건 인도의 극심한 미세먼지였다. 한국을 떠나기 전, 한 달 가까이 기관지염으로 고생했던 터라 혹여 겨우 나은 기관지염이 다시 도지진 않을까 얼마나 걱정했는지 모른다. 덕분에 내 배낭에는 KF94 마스크가 한가득 들어있었다.

우리나라는 미세먼지 수치가 100만 넘어도 창문을 모두 닫고 외부활동을 자제한다. 하지만 미세먼지 수치가 200, 300을 그냥 넘기는 델리에서 그 정도 수치는 그리 높은 것도 아니었다. 내가 델리에 도착한 날 역시 미세먼지 수치는 300에 육박했다.

다행히 인도에 도착한 첫날은 택시 픽업을 예약해둔 상태였다. 배낭 안에 마스크가 한가득 들어있었으나 꺼내기 귀찮았던 나는 마스크를 끼지 않고 공항을 나섰다. 택시가 그리 멀지 않은 곳에 주차되어 있으리란 판단이었다. 역시나 공항에서 나오자마자 택시 기사가 따라오라며 손짓을 했고 나는 잰걸음으로 그를 따라갔다.

택시가 주차된 곳까지 한 3분 걸었을까. 귀찮다고 마스크를 꺼내 쓰지 않았던 건 잘못된 선택이었다. 내 인생 중 이토록 목이 간지럽고 칼칼하게 느껴지는 건 이번이 처음이었다. 무언가 목에 걸리기라도 한 듯 가래가 들끓었다. 고작 3분 걸었다고 이렇게 되다니. 미세먼지 수치 300은 만만히 볼 게 아니었나 보다.

'그래도 이제 택시에 도착했으니까 괜찮겠지.'

이미 지나버린 일, 별수 있나. 나는 극심한 미세먼지에 콜록거리며 택시에 올라탔다. 하지만 택시에 올라탄 뒤로도 미세먼지의 공격은 계속됐다. 택시 기사님이 너무나도 당연하게 창문을 열고 달리기 시작한 탓이었다. 잠깐만, 지금 미세먼지 300인데? 결국, 나는 조용히 배낭에서 마스크를 꺼내야만 했다.

제31화 혼돈의 인도

델리를 떠나 조드푸르로 향하는 날이었다. 야간기차를 타고 조드푸르로 넘어가는 일정이었기에 올드델리역까지 이동해야 했다. 기차 시간까지는 아직 두 시간도 넘게 남아 있었으나 카페에 죽치고 앉아만 있을 바에야 미리 출발하는 게 나았다. 이곳은 인도 아닌가. 느림과 기다림의 나라, 인도.

좁은 골목을 벗어나 메인거리로 나오자 시끌벅적한 빠하르간지가 나를 반겼다. 커다란 배낭을 메고 주변을 두리번 거리는, 누가 봐도 이동 중인 내 행색에 여기저기서 릭샤 왈라(릭샤를 운전하는 사람)들이 말을 걸어왔다. 나는 개중에 한 명을 붙잡아 흥정을 시작했다.

"올드델리 기차역까지 얼마야?"
"200루피만 줘."
"너무 비싸. 100루피."

"180루피."

"안녕~난 다른 릭샤를 알아볼게."

"잠깐, 알았어. 150루피."

델리의 도로를 단어로 표현해본다면 시끄러움, 무질서, 혼돈 정도로 나타낼 수 있겠다. 드넓은 도로는 버스, 오토릭샤, 자전거, 수레, 당나귀, 사람 등 온갖 것들로 가득했으며 사고가 안 나는 것이 신기할 정도로 흰색 차선은 무의미했다. 나는 생전 처음 보는 생경한 광경에 넋을 빼앗긴 채 한참을 멍을 때렸다.

그러다 문득, 제대로 가고 있는 게 맞는지 확인을 해야겠다는 생각이 들었다. 릭샤를 탔는데 엉뚱한 곳에 내려주었다던가, 사기를 당했다든가 하는 이야기가 인도에선 넘쳐났으니. 나는 가벼운 마음으로 구글맵을 켜 현재 위치를 확인했다. 그런데 이게 웬걸. 올드델리역에 도착하는데 걸리는 시간이 출발할 때보다 배는 늘어나 있었다. 인도의 교통체증 때문이었다.

"일찍 나와서 천만다행이야."

두 시간이나 일찍 나온 상황에서 30분 걸렸을 길이 1시간으로 늘어났다고 별다를 건 없었다. 나는 일찍 나오길 잘했다며 안도의 한숨을 내쉬었다. 하지만 델리의 교통체증은 내 생각보다도 훨씬, 훨씬 심각했다. 멈춰 있는 버스와 릭샤 사이로 사람들이 훅훅 지나다녔으며 아예 시동을 끈 채로 정차해있는 차들도 많았다. 릭샤가

꼼짝없이 도로에 잡혀 있는 동안 구글맵에 표시되는 예상시간은 속절없이 늘어만 갔다. 1시간, 1시간 10분, 1시간 20분….

그렇게 한 시간 반이 조금 지나고 나서야 저 멀리 올드델리역이 모습을 드러냈다. 이 정도 거리면 남은 시간 동안 충분히 도착할 수 있으리라. 릭샤 왈라 역시 걱정하지 말라며 자신만만하게 가슴을 펑펑 쳤다. 그래, 코앞이 올드델리역인데 설마 늦겠어?

다시 한번 말하지만, 인도의 교통체증은 정말 심각하다. 10분이 지나도 릭샤의 위치는 여전히 제자리걸음 수준이었다. 릭샤 왈라는 포기를 선언했다.

"그냥 내려서 걸어가는 게 나을 것 같아."

나는 돈을 더 요구하는 그의 손에 애초에 약속했던 150루피만을 꼭 쥐여주고는 릭샤에서 내렸다. 올드델리역 앞에 있는 도로는 8차선에 육박하는 큰 도로였는데, 다행히 크게 위험하지는 않았다. 망할 인도의 교통체증 덕분에 자동차건 릭샤건 가릴 것 없이 모두 정차해있었기 때문이다. 내가 커다란 배낭을 메고 릭샤 사이를 지나다니자 오토바이 한 대가 차체를 기울여 공간을 만들어주기까지 했다. 그렇게 출발까지 30분을 남기고 나는 겨우 올드델리역에 입성할 수 있었다. 인도의 교통체증이란 정말 무시무시했다.

제32화 누군가의 부재

"조드푸르는 내 스타일이 아닌 것 같아." 나는 친구와의 통화에서 부러 밝은 척 이야기했다. 내가 느끼고 있는 감정들을 친구는 몰랐으면 하는 마음에 즐거운 척, 아무 일도 없는 척 나를 포장한 거다. 신이 나 돌아다니다가도 어딘가 텅 빈듯한 감정에 가던 길을 멈추는 내 모습을 들키고 싶지 않았다. 인정하고 싶지 않았다. 모두의 염려를 무릅쓰고 떠나온 인도에서 왜인지 하나도 즐겁지 않다는 것을.

조드푸르에 도착한 뒤로 나는 줄곧 축 처진 상태였다. 무엇을 하던 별 재미가 없었다. 고작 여행 3일 차에 여행 권태기가 온 것도 아닐 테고…. 아무리 생각해도 이유를 알 수 없어 단순히 조드푸르가 나와 맞지 않는 것이라 결론을 내리긴 했지만, 찝찝함은 사라지지 않았다. 결국, 나는 조드푸르를 떠나면 괜찮아질 것이라 여기며 우다이푸르로 향하는 버스를 급하게 예매했다.

떠날 땐 떠나더라도 일몰을 놓칠 수는 없는 법.

한국인에게는 영화 〈김종욱 찾기〉로 더욱 유명한 블루시티, 조드푸르. 나는 조드푸르의 마지막을 일몰과 함께하기 위해 메헤랑가르 성을 올랐다. 블루시티라는 명성에 걸맞게 다채로운 푸른빛이 나를 반겼고, 하늘색 건물들 사이로는 잔잔한 노을이 펼쳐졌다. 하필 지평선 근처에 낀 구름 덕에 내가 기대했던 완벽한 노을은 아니었지만, 조드푸르의 마지막을 장식하기에 이 정도면 충분했다.

영원할 것만 같던 노을은 빠르게 저물었다. 해가 지평선 너머로 사라지자 사위가 어두워지기 시작했고 내 마음은 그만큼 급해졌다. 굳이 인도의 밤길을 걷고 싶진 않았다. 나는 더 어두워지기 전에 숙소로 돌아가기 위해 서둘러 짐을 챙겼다.

그러다 문득, 옆에 앉아있던 여행자와 눈이 마주쳤다. 우리는 자연스레 인사를 나눴는데 그는 델리에서 살고 있으며 잠시 조드푸르로 여행을 왔다고 자신을 소개했다. 아, 그의 이름은 알리샤였다.

"함께 카페 갈래?"

푸르른 조드푸르를 배경 삼아 이어진 짧은 대화 끝에 우리는 서로에게 조금의 시간을 더 내어주기로 했다. 대화를 나눈 시간은 비록 5분 남짓이었지만, 어쩐지 좋은 친구가 될 수 있을 것 같다는 강한 예감을 둘 다 느꼈기 때문이었다.

즐겁게 이야기를 나누는 사이 주변은 어두워질 대로 어두워져 있었다. 우리는 핸드폰 불빛에 의지한 채 메헤랑가르성을 내려와 좁은 골목길을 따라 걸었다. 개미 한 마리도 보이지 않던 거리가 어느새 시끌벅적해져 있는 걸 보니 길은 잘 찾아온 것 같았다.

"헤이, 주스 굿!"

그런데 어디선가 애타게 우리를 부르는 목소리가 들려왔다. 한 주스 가게 사장이 주스를 마시고 가라며 호객행위를 하고 있던 것이었다. 그는 갓 만든 석류 주스를 우리의 눈앞에서 흔들어 보였는데, 언뜻 봐도 참으로 시원하고 맛나 보였다. 고민은 짧았다. 마침 목이 말랐던 우리는 석류 주스의 비주얼에 홀려 곧장 가게 안으로 들어갔고 주스 한 잔을 눈 깜짝할 사이에 해치웠다.

"어? 잠깐만, 괜찮은데….."
"우리 배불러!"

그런데 얼마 후, 비어있던 컵이 갑자기 가득 채워졌다. 알리샤의 컵도 사정은 마찬가지였다. 가게 사장이 말도 없이 남은 석류 주스를 우리의 컵에 따라준 것이었다. 황당하기 그지없었으나 이미 따라진 주스를 되돌릴 방법은 없었다. 우리는 어쩔 수 없이 석류 주스로 배를 가득 채웠다.

가게 사장의 만행은 여기서 끝나지 않았다. 주스값을 계산하려는 우리에게 그는 무려 300루피를 불렀다. 300루피면 딱 내가 조드푸르에서 머물던 숙소의 1박 가격이었다. 한 마디로 주스 4잔 값으로는 꽤 큰돈이라는 이야기다. 더군다나 4잔 중 2잔은 원해서 마신 것도 아니지 않나. 알리샤는 말도 안 된다며 항의했으나 결국, 터질 듯한 방광을 얻은 대가로 300루피를 계산해야만 했다. 현지인도 덤터기를 당하는 나라라니, 역시 인도다.

가게에서 나온 우리는 누가 먼저랄 것도 없이 웃음을 터트렸다. 황당하고 짜증 날 법한 상황이었지만, 그냥 너무 웃겼다. 인도는 현지인도 사기를 당하는구나! 방광이 터질 것만 같아! 그렇게 한참을 깔깔대며 웃는데 정말 갑자기 깨달음의 순간이 찾아왔다. 오늘 하루 느꼈던 감정의 정체를, 뭘 해도 즐겁지 않았던 이유를 비로소 알 것 같았다. 그건 외로움이었다.

인도에서는 혼자 다니는 시간이 그리 즐겁지만은 않았던 이유가 이제야 설명이 됐다. 나에게 필요했던 건 작은 감정들을 공유할, 사소한 이야기를 나눌 누군가였던 거다. 바로 알리샤같은.

"아, 나는 외로웠구나!"

혼자 하는 여행은 늘 외로움을 동반한다지만, 이처럼 강렬한 외로움을 느껴보기는 또 처음이기에 눈치채지 못했던 거다. 나는 사실 외로웠음을. 그래도 감정을 온전히 마주하니 이전보다는 훨씬 편안했다. 외로움에 흔들거리는 지금의 내 모습도 조금은 괜찮게 느껴졌다.

이 외로움이 나의 노력이나 의지 따위로 사라지진 않을 거라
는 걸 안다. 여행이 끝날 때까지, 어쩌면 그 이후로도 나를 쫓아다
닐지도 모른다. 하지만 그러면 좀 어떤가. 함께할 누군가가 있는 지
금 이 순간을 충분히 즐기고 다시 마음껏 외로워하면 그만인 것을.

제33화 물갈이 전야제

여행 중 모르는 사람의 결혼식에 초대받아 가는 건 책이나 영화 속에서만 일어나는 일이라고 생각했다. 현실에서 도대체 누가 생면부지의 남을 결혼식에 초대한단 말인가. 나는 오로지 나의 문화적 경험에만 근거하여 '말도 안 되는 일'이라는 결론을 내렸다. 그런데 인도에서 나에게도 그런 영화 같은 일이 벌어지고야 말았다. 엄밀히 말하면 결혼식이 아니라 결혼식 전야제긴 하지만.

우다이푸르에 도착한 날이었다, 나는 숙소 침대 위에 누워 같은 방을 쓰는 프랑스 친구와 시시콜콜한 대화를 나눴다. 벌써 몇 번이고 인도를 여행하고 있다는 섀널은 현지인들과 녹아드는 방법을 잘 아는 사람이었다.

"나 오늘 현지인 결혼식 전야제에 초대받았어."
"진짜? 대박인데?"

오늘 처음 만난 현지인으로부터 결혼식 전야제에 초대받을 수 있었던 것도 그이기에 가능했던 일인지도 모른다. 나는 전야제에 내가 함께 가게 될 것이라고는 꿈에도 생각하지 못한 채 대체 어떻게 된 일인지 말해보라며 그를 재촉했다. 그는 오늘 있었던 일들을 구구절절 설명해주다가 별거 아니라는 듯 물었다.

"아, 혹시 너도 같이 갈래?"
"나도 갈 수 있는 거야? 전야제가 언젠데?"
"오늘!"

영화에서만 보던 일이 나에게도 일어나다니. 전야제가 한 시간도 남지 않은 시점에서 초대를 받았다는 사실에 이 상황이 더욱 극적으로 느껴졌다. 나는 혹여나 그가 마음을 바꿀세라 냉큼 그 제안을 수락했다.

인도의 결혼식은 5일에 걸쳐 이루어진다. 그리고 그중 우리가 초대받은 건 결혼식 전날 열리는 전야제였다. 무대 위에서 멋진 솜씨를 뽐내는 신부, 신랑의 친구들과 형형색색의 조명, 뷔페처럼 차려져 있는 음식들까지. 전야제(前夜祭)라는 이름답게 파티 분위기가 물씬 풍겼다. 사람은 또 어찌나 많은지 언뜻 봐도 온 동네 사람들이 다 모인 게 분명했다. 우리는 그 흥겨운 분위기를 마음껏, 아주 마음껏 만끽했다.

지금 돌이켜 생각해봐도 정말 꿈같은 밤이었다.

이름조차 모르는 누군가의 결혼식 전야제에 가게 된 것도, 다음 날 열리는 결혼식에 초대받게 된 것도, 숙소로 돌아오는 길에 본 빛나는 시티 팰래스도. 그래, 거기까진 정말 완벽했다.

전야제의 후폭풍은 어스름한 새벽녘에야 나를 찾아왔다. 깊숙한 곳에서부터 느껴지는 더부룩함에 나는 화장실로 달려가 변기를 잡고 연거푸 토를 했다. 멈추지 않는 토와 설사로 화장실에서 나오지 못하는 나를 보고 놀란 새넬이 괜찮냐며 물어왔으나 대답해 줄 힘조차 없었다. 말로만 듣던 물갈이였다. 전야제에서 아무 생각 없이 먹었던 음식들이 원인임이 분명했다. 미리 사둔 물갈이 약을 먹어보아도 상태는 나아지지 않았다.

날이 밝은 뒤 내가 향한 곳은 당연히 결혼식장이 아닌 병원이었다. 나는 병원에서 4시간 가까이 수액을 맞은 뒤에야 숙소로 돌아올 수 있었는데, 종일 먹은 게 없다 보니 상태는 그다지 좋지 못했다. 온몸에 힘이 없어 내가 할 수 있는 일이라곤 침대에 누워 물을 홀짝이는 게 전부였다.

바야흐로 지독한 물갈이의 서막이었다.

제34화 물갈이지만 짜이는 마시고 싶어

내가 어리석었다. 병원에서 수액을 맞고 온 지 얼마나 되었다고…. 세상의 어느 누가 전날까지 그렇게 앓아 놓고 조금 나아졌다며 라면과 닭볶음탕을 먹느냐 말이다. 갑작스레 들어온 자극적인 음식에 속은 다시 뒤집혔고 나는 거하게 토를 하고 말았다.

제대로 먹질 못하니 온몸에 힘이 빠졌다. 축 늘어진 상태로 숙소로 돌아가는데 숙소 근처에서 자주 마주쳤던 두 명의 인도인이 몸은 어떻냐며 물어왔다. 좁은 동네이다 보니 어제 내가 병원에 다녀온 건 모두가 다 아는 사실이 된 모양이었다.

평소라면 "괜찮아. 걱정하지 마." 따위의 가벼운 인사를 끝으로 그들을 뒤로한 채 자리를 떴을 테지만, 오늘은 어쩐지 그들과 대화를 나누고 싶어졌다. 나는 그들이 자리를 잡은 돌계단 위에 털썩 주저앉았다.

의외로 낯가림이 심한지라 어색한 상황이 펼쳐지지는 않을까 걱정했는데 다행히도 우리의 대화는 끊김이 없었다. 그들은 요즘 인도에 오는 한국인 여행자가 많이 줄었다며 아쉬워했고 우다이푸르에 머무는 동안 도움이 필요하면 언제든 자신의 가게로 찾아오라고 너스레를 떨기도 했다.

"아, 물론 아무것도 안 사도 돼!"

그리고는 내가 혹여나 자신의 의도를 오해할까 걱정되었는지 아무것도 안 사도 대환영이라며 황급히 덧붙였다. 그 모습에 나도 모르게 웃음이 비실비실 새어 나왔다.

잠시 후, 내가 오기 전부터 끓이고 있던 짜이(인도인들이 즐겨 먹는 음료로 매우 달다)가 완성되었는지 내 앞으로 작은 종이컵 하나가 건네졌다. "물갈이엔 짜이만한 게 없지!"라는 자신만만한 말과 함께.

그럴 리가. 모르면 몰라도 먹기만 하면 다 토해내는 내 몸 상태에 짜이가 해결책이 되어줄 것 같지는 않았다. 더군다나 짜이는 라면과는 다른 의미로 자극적이지 않은가.

하지만 내 손은 어느새 그들이 권하는 짜이를 받아들고 있었다. 물갈이 중이지만, 짜이는 마시고 싶었다. 정확히 말하자면 짜이에 담긴 그들의 마음을 마시고 싶었다. 그렇기에 나는 기꺼이 종이컵 안에 있던 짜이를 쭉 들이켰다. 세 모금 남짓의 짜이는 따뜻했고, 또 달콤했다.

제35화 온몸으로 기억하는 방법

　　1년간의 교환학생 생활이 끝나고, 홍콩을 잊지 못한 나는 정확히 5개월 만에 다시 홍콩으로 향했다. 그리고 비행기에서 내리자마자 강하게 풍겨오는 홍콩의 냄새에 "아, 홍콩은 이런 냄새를 가지고 있었지."하고 새삼 깨닫게 됐다. 정작 홍콩에서 살 땐 익숙해지는 바람에 느끼지 못했던 것이었다. 나는 그날, 냄새로 무언가를 추억하는 방법을 알게 되었다.

　　이후로 나는 여행을 할 때면 종종 시각이 아닌 다른 감각으로, 온몸으로 그곳을 느껴보곤 한다. 청각이나 후각은 시각만큼 강렬하진 않지만, 때론 시각보다 더 진득하게 기억되기 때문이다. 눈으로 본 것과 달리 귀로 듣고 코로 맡은 무언가는 쉽사리 설명해내기 어려웠기에 더 가치가 있는 것처럼 느껴지기도 했다.

　　그래서였을까. 나는 타지마할에 도착한 순간, 냄새를 맡아야겠다는 강한 충동에 휩싸였다.

당시의 나는 아그라를 떠나기 전까지 상태가 호전되지 않으면 한국으로 돌아가겠다는 나름의 결심을 하고 있던 상태였다. 타지마할이 어쩌면 인도에서의 마지막 기억이 될지도 몰랐다. 그런데 나중에 인도에서의 마지막 하루를, 타지마할을 떠올렸을 때 북적이는 사람들 틈에서 카메라 셔터를 누르던 모습이 가장 먼저 떠오른다면 조금 슬플 것 같았다. 그렇게 카메라에는 담기지 않는 것을 담기 위한 시간이 시작됐다.

북적북적한 사람들 틈에서 벗어나 인적이 드문 곳을 찾는다. 타지마할을 크게 빙 돌아 지나가는 이조차 별로 없는 곳에 기어코 자리를 잡는다. 한적한 벤치에 앉아 푸르른 나무 사이로 보이는 하얀 건축물을 두 눈에 담는다. 그리고는 이내 눈을 감는다.

눈을 감고 들려오는 소리에 집중한다. 건너편 벤치에 앉은 어느 노부부의 말소리, 나를 스쳐 지나가는 사람들의 발걸음 소리, 살랑살랑 불어오는 바람 소리…. 다음에는 풍겨오는 냄새에 집중한다. 익숙해져서 느끼지 못할 뿐 그곳만의 냄새는 분명 있을 터다. 한참 동안 온몸으로 타지마할을 느낀 뒤 다시 눈을 뜬다. 그러면 눈앞에 타지마할이 있다. 아까와는 같은 듯 다른 모습으로.

이후로 이어질 여행기를 기대했다면 안타깝게도 아그라를 끝으로 나의 인도는 끝이 났다. 나아가고 있던 물갈이가 다시 심해졌고, 지레 겁먹은 나는 길 위에서 도망쳤다. 비행기 표를 바꾸고 한국행 비행기를 타기 위해 델리로 향했다.

출국 5시간 전. 40L짜리 배낭이 기념품으로 가득 채워졌을 때쯤엔 김치찌개를 먹어도 끄떡없을 정도로 몸 상태가 다시 좋아져 있었지만, 돌이킬 용기가 없었다. 비행기 표를 다시 바꾸는 것도, 기념품으로 가득 찬 배낭을 메고 여행을 더 해나가는 것도. 나는 다음에 다시 오면 될 것이라 가볍게 생각하며 한국으로 돌아왔다. 여행지에 아쉬움을 남기고 돌아오는 것이 꼭 나쁜 것만은 아니니까. 하지만 그즈음 전 세계의 일상을 뒤바꾼 코로나가 터졌고 인도에 다시 가는 일은 요원해지고 말았다.

인도, 수많은 도시로 이루어진 그 나라를 섣불리 판단하기엔 내가 보고 온 것은 인도의 단면에 불과할 것이다. 한 달도 되지 않는 짧은 시간으로 그 거대한 나라를 어떻게 안다고 말할 수 있겠나. 나는 아직도 인도가 고프며 더 다양한 빛깔의 인도를 마주하고 싶다. 그러니 그들의 일상 속으로 파고들 수 있는 날이 다시 한번 오기를 간절히 바라본다.

오로지 마음으로 보아야만 정확하게 볼 수 있어.
가장 중요한 것은 눈에 보이지 않는 법이야.

- 생텍쥐페리, 〈어린왕자〉 중에서

Epilogue. 여행의 이유

긴 여행이 끝이 나고 한국에 돌아오면, 저는 한동안 길가에 보이는 모든 것들을 사랑하며 지내곤 합니다. 여행은 끝이 나도, 머리칼 사이를 파고드는 작은 바람 하나에도 금세 기분이 좋아지는 여행자의 마음은 칼로 잰 듯 잘리지 않았거든요. 매일 보던 익숙한 풍경도 어딘가 새롭게 느껴졌고 버스 차창에 기대 하늘을 바라볼 때면 아직 여행 중인 것 같기도 했습니다.

하지만 인간은 적응의 동물인지라, 이런 상태도 그리 오래가지는 못했습니다. 여행이 끝나고 몇 달, 몇 주, 혹은 며칠이 지났을 땐 여행자의 마음은커녕 하루하루 똑같은 풍경 속에서 그저 살아갈 뿐이었어요. 하늘을 올려다볼 새도 없이요.

어쩌면 저는 그래서 여행을 떠나는지도 모릅니다. '여행자의 마음'의 유효기간이 그리 길지 않다는 걸 알기에 계속해서 길 위로 향하는 거죠. 여행이 끝나고 일상으로 돌아왔을 때 조금은 다른 시선으로, 다른 감각으로 살아가고 싶어서요. 당연하게만 여겨왔던 하루를 조금 더 감사하고 행복하게 살아가기 위해서요.

사실은 별거 없다고 생각했던 오늘 하루도, '여행'이라는 길 위에서의 하루만큼이나 찬란할 수 있다고 저는 믿고 싶습니다.

저에겐 여행이 평범한 하루 속 놓치고 있던 것들을 되새겨주는 존재지만, 당신에게는 아닐 수도 있겠죠. 그래도 당신이 놓치고 있는 것들을 속삭여줄 그런 존재가 당신에게도 있었으면 하는 것이 저의 작은 바람입니다. 그리고 이 글을 읽는 당신도 만약 저처럼 여행이 그런 존재라면 언젠가 길 위에서 마주칠 수 있기를, 오늘 밤 마주친 달님에게 빌어봅니다.